ハヤカワ文庫NV
〈NV1499〉

【閲覧注意】ネットの怖い話
クリーピーパスタ

ミスター・クリーピーパスタ編
倉田真木・岡田ウェンディ・他訳

早川書房
8831

THE CREEPYPASTA COLLECTION

Modern Urban Legends

You Can't Unread

Edited by

MrCreepyPasta

Translated by

Maki Kurata, Wendy Okada and Others

First published 2022 in Japan by

HAYAKAWA PUBLISHING, INC.

This book is published in Japan by

arrangement with

ADAMS MEDIA,

an imprint of SIMON & SCHUSTER, INC.,

1230 Avenue of the Americas, NEW YORK, NY 10020, USA,

through JAPAN UNI AGENCY, INC., TOKYO.

目次

【閲覧注意】ネットの怖い話　クリーピーパスタ

まえがき

やあみんな。

僕だ、ミスター・クリーピーパスタだよ！

居心地《いごこち》のいいユーチューブから抜けだして、とうとう書店の棚《たな》にならぶことになったというわけだ！　君がいま手にしているのは、インターネット上のもっとも陰惨《いんさん》で血なまぐさく、身の毛もよだつような「クリーピーパスタ」をあつめたものだ。ページを読みすすめるにつれ、君はインターネットの未知の世界から想像の世界へ、たくさんの得体《えたい》の知れない怪物《クリーチャー》たちを次々にときはなっていく。遠い昔から現代までのあらゆる恐怖の極《きわ》みがこの本のなかにおさめられている。君に楽しんでもらうために、すばらしく才能あふれる悪夢の名手たちとものすごく危険なクリーチャーたちがせいぞろいしたよ。とっても楽しそうだろう？

おっと！　なかにはとまどっている人もいるだろうね。たしかに「クリーピーパスタ」なんて変な名前だよね？　しかもこの僕は、ミスター・クリーピーパスタというんだ。どうせ僕のことを、どこかの変わり者だとでも思ってるんだろう？　でも、全然そんなんじゃない。いいかい、僕は物語の語り手なんだ。ちょっと説明させてもらおうか。

キャンプファイヤーをかこんで怪談を語るというやりかたは、だんだんと下火になってきた。だけど、それが唯一《ゆいいつ》の方法だった。怪談話や都市伝説っていうのは、ずっとこんなふうにして語られていたんだ。君たちぐらいの子どもは、モンスターや亡霊《ぼうれい》が言葉によって生みだされると、おたがいにぎゅっと身を寄せあったものだ。そんな子どもたちが大きくなるにつれ、クリーチャーたちもいっしょに成長して、火明かりのそばで物語が何度もくりかえし語られるうちに、怪物たちの影も広がっていったんだ。想像力から生まれた恐怖は、言葉によって力をあたえられ、人間よりも大きく強くなっていったことだろう。

このごろは、新しい種類のキャンプファイヤーがある。今日では、物語を語り合ったりモンスターを作りだしたりするのは、炎のそばよりもコンピューターの前のほうが多いよね。そんな物語の新たな光のなかから、新しいタイプの創作物が生まれてきた。何をもってしても想像力の息の根はとめられないし、言葉でおたがいを怖がらせるすべが人類にあるかぎり、僕たちの想像力は道をみつけるだろう。こうした新しい物語や新しいクリーチャーたちは、世界じゅうをかけめぐる新たな方法を見いだし、その方法を僕たちの生活に浸透《しんとう》させる。現在では、物語は一度にほんの数人に語られるよりも、ウェブサイトを通じて共有され、テクノロジーを通じて海を越《こ》えて広められる。説話《せつわ》はコピー&ペーストされ(つまりcopy pasta-edってこと)、電子メールで送信され、投稿《とうこう》され、読みあげられる。物語を語る方法は――そんな方法はなくなったと考えられている時代に――いままでよりも力強く生きつづけているんだ。

作家、アーティスト、俳優たちのインターネット・コミュニティーのひとつが、こういった新しい恐怖に命を吹《ふ》きこむために現れた。この本には、当代屈指《とうだいくっし》のアーティストや作家の多くの作品がつめこまれている。こうしたクリエイターたちはインターネットがいつくしみ、愛し、恐れてきたアイデアやモンスターたちを呼びあつめた。こうしたクリーチャーは人間をうち負かす新たな影で、僕はそのなかでもよりすぐりのものを君のためにとりあつめた。文字でつづられた万能《ばんのう》の言葉がこのモンスターたちの封印《ふういん》をとき、世のなかにときはなった。「クリーピーパスタ」という言葉はただ物語を描写するだけじゃなく、インターネット上に生まれ、人の夢のなかにその種を植えつけた悪夢を描写する方法にもなった。悪夢は次から次へとコンピューター画面やタブレットからあふれだして、君とさほどちがわない子どもや大人の心と頭に直接流れこんでくる。

そしていま、言葉が作りだした世界への入り口は君の手のなかにある。この本をいますぐ棚にもどせば、君は助かるだろう。恐怖はこの本のなかにとどまったまま、出てきやしないからね。人から人へ伝えられ、国から国へと広まっていく恐怖に、君の想像力の光がさすことはない。それと同じように、本物の恐怖が何をもたらすのかを君が知ることはない。君は安全だ。

だけど、もし君の好奇心が強くて、ウサギの穴がどれほど深くて暗いかを本当に知りたいなら……。

覚悟を決めて。

ページをめくって。

それじゃ、いい夢を。

（岡田ウェンディ訳）

這いずる深紅

マイケル・マークス

Creeping Crimson

Michael Marks

マイケル・マークス（別名 DeadSpread）はカリフォルニア州在住で、Reddit/NoSleep でも活躍する新鋭作家。血と衝撃と恐怖を融合させた作風を得意とする。

ヘッジス・モーテル＆モーター・ロッジは見つけようとしたって見つからない、隠れ家《かくが》のような所だった。自動車旅行ガイドにも旅行のパンフレットにも載っていないし、広告も出ていない。予約用のホームページもない——それどころか、ホテルにほど近いカーブを曲がるときにまばたきでもしようものなら、完全に見落としてしまうだろう。

とはいうものの、決して感じの悪い外観ではない。趣《おもむき》のある丸太小屋づくりの、平屋建てのレストラン付きモーテルだ。あまい香りを放つセコイアやマツの森に囲まれ、雨のにおいと混ざりあうと——ちょうど僕が訪れたときのように——まさに天国のようだ。色をぬった木造の建物をぐるりと囲む樹皮の燃えるようなオレンジ色は、たとえ雨であたりが暗くても、夕ぐれのうす明かりでもよく目立つ。だが、じっと見つめていると、不吉な雰囲気《ふんいき》がただよっているのがわかる。「空室あり《VACANCY》」と書かれた赤い表示が周囲に光を投げかけ、セコイアから染みでた樹液がまるで傷口からしたたる血のように見える。

僕と妻が乗った車がカーブをまがりその場所が見えてきたときには、僕はすでに運転でへとへとに疲れていた。ある山小屋で友人たちと会うことになっていたけれど、もうおそくなってきたし、だいぶ長い時間走ってきたのに、目的地はまだ何キロも先だった。それでも運転し続けるべきだった。ベッドにたどり着くまでにたとえ何キロあろうと、その曲がりくねった道を目的地まで走り続けるべきだったのだ。だが、空っぽの胃袋と重いまぶたにはべつの思惑《おもわく》があり、僕はモーテルの駐車場に車を乗り入れた。

あのとき、まばたきをしていればよかったんだ。

「本当に泊まっていくの？　わたしが運転を代わるから、そのあいだにひと眠りすればいいじゃない」妻のヘレンがいった。口で答えるより先に、駐車場に車をとめてエンジンを切ることが僕の答えだった。

「もうくたくたに疲れてるし、腹ぺこだ。じつのところ今夜はちゃんとしたベッドで寝たいな」にっこりと笑ってシートにもたれ、両手で顔をさすって言葉を続けた。「それに暗くなってきたし、ひどい雨だしさ。こんな山道で運を天にまかせるのは遠慮したいね」

ヘレンはため息をついた。「それもそうね」彼女はまるで天気を判断するかのように窓から空をながめた。「明日の朝には晴れるといいけど」

とつぜん、空一面に稲妻《いなずま》が光り、頭上で雷鳴《らいめい》がとどろいた。

「お天気の神様たちはいやだってさ」僕は笑顔を浮かべて後部座席から上着をとった。

「部屋を取ってくる」


僕は上着から雨のしずくをはらい落としてロビーに足をふみいれた。カウンターの奥にいたでっぷりとした老人が小型テレビから顔を上げて、明るい笑顔でむかえてくれた。苦し気《げ》な声をあげながら立ちあがり、フランネルのシャツのしわをのばして息を整え、薄くなった白髪《しらが》を指ですいてから口を開いた。

「こんばんは、お若い方《かた》」僕が近づいていくと、男は両手をカウンターについてこちらに身を乗り出した。「いらっしゃいませ」

「やあ、どうも。ツイン・ルームに一泊したいんですが」僕は笑顔を返してロビーの装飾《そうしょく》をじっくりとながめた。部屋のむこうの一角では暖炉《だんろ》の炎が赤々と燃え、この時にはまだ、丸太小屋《ログ・キャビン》特有のあの魅力が内装のあちこちにも見て取れた。コーヒーをいれる香りがただよい、その場所をいっそうあたたかな雰囲気《ふんいき》にしていた。

「これに名前を書いて」老人はばかでかい宿帳をカウンターの上にどさりと置き、ペンをさしだした。宿帳にはびっしりと名前が書かれていたが、日付が同じ客は僕の上の二組だけだった。

「今夜は繁盛《はんじょう》してます?」疲れきった声でも明るい気分を伝えたくて、冗談めかしてたずねた。

「他にはもう二組ですよ、子どもづれの家族と、男二人組」サインをしようとかがみこむと、老人は誰かをさがすように僕の肩ごしにうしろを見た。「ここだけの話ですけどね、あの二人はモーホーだよ、いってる意味わかるでしょう?」彼はひそひそ声でいい、僕の目を見てゆっくりとうなずいた。

その古くさい言いまわしに驚いて、僕は思わずしのび笑いをもらした。彼は背筋をしゃんとのばし、またしても僕の背後に目をやって、それからまだ何かいいたそうに小さく手首をふった。まるで何かにおびえるようにきょろきょろとロビーを見まわし、本来ならば陽気な顔にかすかな不安を浮かべていた。

「はい……」名前を記入してペンを返す。「レストランのコーヒーは美味《うま》いんですか?」

「このロビーにあるのよりはましだね、それだけはいっておきましょう」彼は宿帳をひっつかんでフロントデスクの下にもどした。うしろに手をのばし、鍵の列を指でなでると、ひとつを抜きとってよこした。「部屋は1Cです。どうぞごゆっくり、ミスター……」言葉を切ってフロントデスクの下にかがみこみ、宿帳に書かれた僕の名前を読みあげた。

「ミスター・ギャンブル」

「トムでいいです」僕は鍵を受けとり上着のポケットに入れた。「ミスター・ギャンブルなんて、僕のイメージに合わないんで」こっちにはわからない何らかのジョークを知っているかのように、老人は腹の底から笑った。

「それじゃトム、何か用があったらフロントに電話して、このオーティスになんなりとお申し付けくださいよ」そういってずんぐりした親指でほこらしげに自分の胸を指さした。

僕はうなずいて礼をいった。雨の中へ引きかえすとき一度だけふりかえると、彼が椅子にもどって満足そうにほほえみながら、小さなテレビを観《み》ているのが見えた。

荷物を部屋に運びいれると、妻とレストランへ向かった。男がひとりでウエイターとコックをかねた、ダイニングバーに毛が生えた程度の店だったが、それで十分だった。席に着くとオーティス老人のいっていた家族づれが、カウンターの少し離れた席にいた。三十代後半とおぼしき父親が、僕にむかって会釈《えしやく》をした。こんな嵐の日だというのにポロシャツと短パンという恰好《かつこう》だった。夫婦が黙々とチーズバーガーを食べているあいだ、娘は腕を横に広げて飛行機の音をまねながら走りまわっていた。

「かわいい子ね」ヘレンは僕の肩に手を置き、ほほえみながら少女を見つめた。少女は視線に気づくと急にはにかんで、母親の脚のうしろに隠れてしまった。ヘレンはそれでも少女に手をふって僕の隣の席にすわり、僕は薄っぺらいメニューをながめた。

「ごめんなさいね、人見知りで」少女の母親がおだやかな声で話しかけてきた。彼女も三十代後半くらいで、厚手のジャケットにジーンズという、夫よりずっとこの天候にふさわしい服装をしている。「ごあいさつは、リディちゃん《リディ・ビーンズ》？」

〝リディちゃん〟は母の脚のうしろからぴょこんと顔を出すと、手をふってすぐに引っこんだ。その仕草があまりに愛らしかったので、疲れて飢え死に寸前の僕も思わず笑みをこぼした。

「こんにちは、お嬢《じょう》ちゃん」ヘレンはそういうと、僕のむこうにいる少女を見てから、母親のほうを向いた。「おいくつですか？」

「リディアは六歳です」母親はそういって娘を見おろした。自分が大人たちの注目の的になっていることに気づいて、少女は再び顔を出した。

「六歳半だもん！」少女が口をはさんだ。

「……お行儀が悪いぞ。ちゃんとすわってグリルドチーズを食べなさい、リディちゃん」短パン姿の父親が割ってはいった。

「いらっしゃいませ」とつぜんしわがれた声がしたので顔を上げると、げっそりとやせてあごひげを生やした、脂で汚れたエプロンをした男がどこからともなく現れて目の前に立っていた。「ご注文は？」

「コーヒーとハンバーガーにしようか。ね？」ヘレンの肩をぽんぽんとたたくと、彼女はしばらくたってようやく少女から視線をはずした。

「ああ、わたしも同じのを」

「すぐにお持ちします」コックが足を引きずりながら厨房《ちゅうぼう》へもどっていったちょうどそのとき、家族づれが食事を終えた。僕たちは帰っていく彼らにおやすみなさいといい、向こうも同じあいさつを返した。リディアはドアから出るときにくるりとふりむいてバイバイと手をふると、上着のフードをかぶり、さっきと同じように両腕を飛行機の翼のように広げて、両親といっしょに雨の中へ駆けだしていった。

食事がすむと、僕たちは部屋にもどった。僕はゆっくりシャワーを浴び、ヘレンはベッドにもたれてテレビのチャンネルを切りかえていた。シャワーを終えて服を着ていると、レストランにいた家族の話す声が隣から聞こえてきた。普通の大きさで話しているにしてははっきりしすぎている。

「ここの壁、どれだけ薄いんだよ？」僕は湯気《ゆげ》のもうもうと立ちこめる浴室から出ながらヘレンにいった。

「やっぱり、そう思う?」ヘレンの目は僕の背後を見て、浴室があまりに湯気でけむっているのに気づいた。「あらまあ、シャワーを浴びたの、それともサウナにしたの?」

「通気孔《こう》がないんだよ。窓もないし」僕はタオルを放り投げ、カバンをひっかきまわして煙草《たばこ》とライターをさがした。「今夜は、いちゃいちゃするのはパスするしかなさそうだな」

「それがバスルームの窓とどんな関係があるの?」彼女はわけがわからないというように笑い声をあげた。

「そうじゃないって、ばかだな。壁のせいだよ」ついに煙草とジッポを見つけ、カバンのファスナーをしめた。笑顔で妻のほうを向き、煙草とジッポをかかげて差し出した。

「いらない、起きあがるのめんどくさいから」彼女はベッドいっぱいに手足を広げて目をとじた。「でも早く帰ってきてね。いちゃいちゃについてはまだ考え中。とにかく死人みたいにものすごーく静かにしなくちゃってことよね」

「お隣さんたち、耳栓《せん》して寝るかな?」僕はいった。妻の笑い声を聞きながら、並んだ部屋の前に突き出たひさしの下に出てドアをしめた。

僕は製氷機のそばの椅子に腰をおろして煙草を吸った。嵐は道路ぞいの小さなモーテルを容赦《ようしゃ》なく襲《おそ》い続け、「空き室あり」の表示の赤い光のせいで、まるで空から血が降りそそいでいるように見えた。ふと通路のむこう端に目をやると、1Aの部屋から男が出てきて、こちらにむかって歩いてくる。男は軽くうなずき、手をふりながら近づいてきた。もう片方の手にはアイスバケットを持っている。

「やあ、どうも」男はにっこりと笑って通りすぎ、製氷機を開けた。

「こんばんは。調子はどうです?」僕は煙草をもう一口吸いこんで、真っ赤な雨の筋にむかって吐きだした。

「まあまあってとこですかね」男は満杯になったアイスバケットを下ろして、僕の煙草を物欲しそうに見つめた。「一本いいですか?」

煙草のパックを差し出すと、彼は一本抜きとった。火をつけてやると深々と吸いこんで、久しぶりに満足したという表情を浮かべた。

「煙草なんかやめろってボーイフレンドがうるさいんですけど、長い一日の後の一服は最高だから」

「わかります」僕は同意した。「じゃあ、ここにはボーイフレンドと?」

「ええ」男はもう一口吸って無精ひげをなでた。「ここの壁、とんでもなく薄いねって話をしてたところなんですよ」

「まったくですよ！」僕は相づちをうった。「ちょうど妻とも同じことをいってたんです。ふざけんなって感じですよ」

「なんでこんなふうに客と客をくっつけるんでしょうね？　泊まりの客は僕たち三組しかいないはずなのに。どうしてわざわざ隣同士にするんだろう？」

「さあね」僕は考えながら、手に持った煙草をくるくると回した。「掃除がしやすいようにじゃないかな。ここの人たちはみんな動きがにぶそうだから」

「うん、そうかもしれませんね……」彼はさらに深く考えるように声を落とした。「ところで、僕はディヴィッド」

「トムといいます」僕は彼と握手をして、煙草を吸いおえた。

「おーい、いい映画をやってるよ」通路のむこうから誰かが呼ぶ声がした。見るとディヴィッドの部屋から男性の顔がのぞいていた。「氷はあった？　あれ……煙草吸ってる？」

「見つかっちゃいましたね」僕は笑いながらいった。

「うん、そうみたい」ディヴィッドは豪雨の中へ煙草を投げすてると、アイスバケットをつかんだ。「もどったほうがよさそうだ。会えてよかったよ、トム」

「こちらこそ」僕は椅子から立ちあがりながら答えた。部屋へと小走りでもどるディヴィッドがドアにたどり着きもしないうちから、ボーイフレンドががみがみと小言をいうのが聞こえた。僕は部屋にもどるといつでも横になれる状態だったので、ようやくつかのまの睡眠をとった。

床《とこ》についてから一時間もたたないうちに、館内放送の甲高い音で目が覚めた。僕と妻は何がおきたのかわからないままベッドの上で身を起こしたが、周囲の状況を把握する間もなく、呪文のようなものがはじまった。

それはどこにあるのやら目に見えないスピーカーから流れてきて、部屋いっぱいに鳴りひびいた。言葉は英語ではなかった。それどころか、僕が認識できるどこの言語でもない。その声は低く重々しく一言ずつ引きのばすように発せられている。

「なんだ、これ?」僕は叫んで、ベッドから出て部屋の中をさがしまわった。隣の家族づれが起きだした音がした。彼らの部屋からもその声がひびいてきて、短パンの父親が僕とまったく同じ行動をとっているのがわかった。といっても、悪態《あくたい》は向こうのほうが多かったけれど。

ヘレンのほうを見ると、すでに電話を手にとり、耳に当てている。

「もう！　発信音が聞こえない」彼女は受話器をたたきつけるように置いてベッドから出

ると、ハンドバッグに駆け寄り、僕は音の出所をさがし続けた。呪文は部屋じゅうに反響しているため、元をたどるのがむずかしかった。さがしやすいようにと明かりのスイッチを入れてみたが何も起こらない。

「嘘《うそ》だろ？　電気も止まってるぞ！」僕はジーンズをはき、あの陽気なオーティス老人にいったいどういうことなのかたずねようと、フロントに駆けこむ支度をした。

「携帯電話も圏外よ」ヘレンは嘘じゃないといわんばかりに自分の携帯を僕にかざして見せた。隣から短パンの父親が何かに激突する音が聞こえ、そのたびに悪態が続いた。その向こうの部屋からは、デイヴィッドかそのパートナーが大声でわけのわからないことを叫んでいた。

「ここで待っててくれ。何がどうなってるのか確かめてくる」ドアノブをひねろうとしたがびくともしない。ドアを肩で押してみたが、ふさがれているらしい。まるでレンガの壁に体当たりをくらわしているようだった。

「何をしてるの？」隣に来たヘレンが、むなしくドアに体当たりをする僕を見つめた。

「ロックされてる。閉じこめられた」あきらめて、苛立《いらだ》ちながらドアから離れた。

「閉じこめられたってどういうこと？　どうやって？」自分でたしかめようとするヘレンを、あえて止めなかった。

「鍵をかけられたんだ、外から。てこでも開きやしない！」

「じゃあ、鍵を取って！」

「ドアの内側に鍵穴がないんだよ、ヘレン！　錠《じょう》とデッドボルトもまわしてみたけど、びくともしない！」ますます苛立ちがつのり、僕は椅子をひっくり返した。

「あんたらも閉じこめられたのか？」短パンの父親が壁ごしに叫んだ。「いったいどうなってるんだ？」

「さっぱりわかりませんよ！」僕は叫びかえした。「反対側の男性たちも閉じこめられたのかな？」

「ああ」彼が答え、壁から離れるのが聞こえた。

呪文が頭蓋骨《ずがいこつ》をこじ開けて頭の中にもぐりこんでくるような気がした。僕はカッとなって、椅子をひとつつかむと窓にむかっておもいきり投げつけた。椅子は跳ねかえっただけで、ベッドのわきに逆さまに落っこちたので、僕はその椅子を拾いあげて力まかせに窓にたたきつけた。妻が金切り声を浴びせてきたが、かまってはいられなかった。閉じこめられたなんて冗談じゃない。その思いが僕をどんどんと狂気へと駆りたてていった。なんとしてもこの部屋から出なくてはならない。

四度たたきつけたところで椅子はバラバラになったものの、窓には傷ひとつついていなかった。

「防弾だわ」ヘレンが近づいてガラスに触《ふ》れた。「トム、これ防弾ガラスよ。どうしてホテルの部屋の窓が防弾ガラスになってるわけ？」

僕は口を開いてもう一度「さっぱりわからない」といおうとしたが、誰かの絶叫にさえぎられた。それは僕や短パンの父親のような怒りや失望の叫びではなく、苦痛そのものの叫びだった。

「どうしたんですか？」僕は壁ごしに叫んだ。幼いリディアが壁のむこうで泣き叫ぶ声と、そのうしろから助けを求める悲鳴が聞こえた。

「わからないの」夫よりは分別のある母親がいった。「どうしましょう、誰かが隣のふたりを殺そうとしているみたい。テディが窓からのぞこうとしてるんだけど」

あの短パンの父親の名はテッドというのだろう。僕は壁から離れて窓ごしに外をのぞいた。おかしな角度で首をおもいきりのばして通路を見やったが、うまくいかない――見えたのは深紅の雨だけだった。苦痛の叫びはとつぜん止まり、呪文の音だけが残った。

「ああ神様、どちらかが泣きわめいてるわ。デイヴィッドが死んだって。嘘でしょう、人が死んだなんて？」母親が壁ごしにうったえてきた。テッドはひとつむこうの部屋の誰かに話しかけている。たぶんデイヴィッドのボーイフレンドにだろう。僕はベッドに腰をおろして耳をそばだて、ヘレンはもっとよく聞こえるようにと体を壁にぴったりと押しつけると、こういった。

「赤いものがやってきて彼をつかまえたとかいってる。わめき散らしていてよくわからないけど」ヘレンは続けた。「どうにか聞きとれた。大変よ、トム、部屋から出してくれって」

「しーっ、いい子ね。大丈夫だから、お耳をふさいでて。いいわね？」母親がリディアに話しかけていた。母娘がベッドの上で身をよせあって、混乱と恐怖に苛《さいな》まれながら壁にむかって話している姿が目に浮かんだ。

するとまたしても悲鳴があがった。家族づれの部屋ごしにさえ、男が大きくはっきりした声で助けを求めながら、正気を失ったように逃げまわる音が聞こえた。出口のない鍵のかかった部屋で、男が何かから必死で逃げようとして物が壊れる音。隣室の少女と母親が悲鳴をあげ、助けを求める男の叫びが苦し気なゴボゴボという音にかき消されるのを聞きながら、ヘレンと僕も絶叫していた。

それからの数分は混乱と恐怖、死に物ぐるいで逃げだそうとするあがきが入りまじったものだった。目に見えないスピーカーから呪文が流れ続ける中、ヘレンはこぶしで窓をたたきながら大声で助けを求めた。隣室のテッドも同じことをしているらしく、びくともしないドアをむなしく蹴とばしていた。僕はベッドにすわってじっと床を見つめながら、頭の中をぐるぐるとめぐる思いが行き着く場所を必死でさがしていた。あの二人の男が息絶えたときのあんな音を聞くのははじめてで、脳が処理しきれないようだった。

「あの人たちは、どんな映画を観てたんだろう」ヘレンに聞こえる程度の大きさでいった。僕の思考はおかしなところに着地していた。ヘレンは窓をたたく手を止めて、ベッドのほうへやってきた。

「え？」僕の前でひざをついた。「いったい何の話？」

「彼らの片方と外で会ったんだ。デイヴィッドって人。ボーイフレンドと映画を観るといってた」僕は床から顔をあげてヘレンの目を見た。「あの人たちが最後に観たのは、どんな映画だったのかと思って」

「トム……」僕を正気にもどさなくてはならないと気づいたヘレンは、気を取りなおしていった。「トム、気持ちを切りかえなくちゃ。今は頭が堂々めぐりをしてるのよね。でも、いまあなたが必要なの。このいまいましい部屋から逃げだす方法を見つけなくちゃ」

彼女の言葉を理解する間もなく、隣の部屋から新たな音がした。テッドと妻が僕たちの注意を引こうといきなり壁ごしに叫びだしたのだ。

「壁から何か出てくるぞ！」テッドが大声でいった。家族全員が何かいって悲鳴をあげた。

「何が出てくるんですか？」ヘレンが立ちあがって、よく聞こえるように壁に駆け寄った。

「壁から出てくるってどういうこと？」

「ああ、神様、わからないわ」母親は金切り声でいったあと、リディアを落ちつかせようとそばにもどったようで、〝それ〟を見ないようにといい聞かせた。

とつぜんパニックに陥った隣の家族の物音がはげしくなった――すすり泣きが悲鳴と助けを求める叫びに変わった。テッドは妻と娘に〝それ〟からできるだけ離れて下がっていろと命じていた。後ずさりしようとした彼らが、僕らの部屋と接した壁にぶつかる音がした。

その瞬間ヘレンはついに我慢できなくなり、涙を浮かべた狂気じみた目で僕を見おろすと、ナイトテーブルから真鍮《しんちゅう》のランプをひっつかんで壁からコードを引きちぎった。そのランプをハンマーにみたてると、壁に穴を開けようとしはじめた。

「助けなくちゃ！」僕を怒鳴りつける。「トム、さっさと立って手伝ってよ。なんとかしないと！」

テッドの苦痛の叫びが耳をつんざく。彼が逃げていたものが何であれ、とうとうつかまってしまったのだ。おそらく父の最期を見ていたのだろう——泣き叫びながら父を呼ぶリディアの声で僕はようやくわれに返り、こわれた椅子の脚をつかむと、壁に穴を開けようとしている妻に加勢した。

僕たちはまにあわせの道具で、こちら側の壁の壁紙や化粧漆喰《しっくい》、乾式壁をすばやいリズムでひきさいていった。ヘレンがランプをたたきつけると、それが大梁《おおばり》のひとつに当たって跳ねかえり、あやうく僕にぶつかりそうになった。ふいにテッドの絶叫がやみ、母親は子どもの安全第一のモードに切り替わったにちがいない。僕たちが何をしようとしているのかに気づくと泣き叫ぶのをやめ、むこうからも壁にむかって何かをぶつけだしたのが聞こえた。こちら側にあいた穴はリディアが身をよじってどうにか通りぬけられそうだったが、問題は大梁だった。いきなり母親のほうにも穴があき、隣室が見えてきた。

目の前には、さきほどレストランで会った母親がいて、今は青ざめた顔に涙の筋を浮かべている。彼女は怒りくるったように壁をぶち破ろうとしていた。まるでわが子を守るためなら手段を選ばない、罠《わな》にかかった動物さながらに。そのとき、彼女のうしろに気味の悪いものが見えた。

その赤いかたまりは、苔《こけ》そっくりの姿をしていた。ただし、脈打ち、呼吸しながらじわじわと母娘にせまりつつあることをのぞけば。それは部屋の大部分をおおいつくしていたので、壁の穴を通りぬける以外に二人の逃げ場がないのは明らかだった。赤いかたまりは蔓《つる》状のものをのばして手さぐりしながら、触れたものが何であれへばりつき、ずるずると這《は》い寄ってくる。何よりもおぞましいのは、その深紅のかたまりの真ん中から突き出ているものだった。

テッドだ。どろりと半分溶けた体。皮膚の大部分がはがれ落ち、残っている肉をおおうように深紅のものがうごめいている。損壊した身体はいまなお家族を求め、必死で逃げようとする妻に手をのばしている。僕は彼女と目があった——ほんの一瞬だったが、それだけで胸が押しつぶされた。僕は二人が通れる穴を開けるために、彼女やヘレンに負けじと一心不乱に壁をこわした。そうすることで、このいまいましい部屋から逃げだす方法を見つけたかった。

なんとしても脱出方法を見つけださなくては。

「ママ、すぐそこまで来たよ」恐怖に満ちたリディアの声を聞いて、僕の背筋に寒気が走った。母親が通りぬけられるほどの大きさの穴は開けられそうになく、リディアが通れるかさえあやしかった。それでも僕たちは懸命に作業を続け、はがれ落ちた壁の破片が足元につもっていった。じゃまな支持梁があるために、精いっぱい身をちぢめて通れるぎりぎりのスペースしか作れない。

「もういい……」母親はそういって、急に手を止めた。「もうそこまで来てる。どうか娘をおねがい。なんとかここから出してちょうだい」

「そんなのだめ！」ヘレンは壁にランプをたたきつけながら大声でいい返した。「みんなでここから出るのよ」

「もうそこにいるの。リディアをくぐらせるのを手伝って。わたしが先につかまれば、二人とも死んでしまう」目に涙を浮かべて娘をかかえあげ、穴をくぐるように娘にいった。ヘレンと僕は穴のむこうに手をのばし少女の手をにぎった。リディアが精いっぱい体をちぢこまらせて穴に入ろうとしたとき、そのうしろから母親の声が聞こえた。

「さあ行って、いい子ね。大丈夫よ……大丈夫……」その声が悲鳴に変わり、リディアもつられて叫びだした。足をばたつかせて金切り声をあげる少女のうしろで、母親がはげしく手足をふりまわしてわめいている。母を案じて泣き叫ぶリディアを、僕たちは力をあわせて室内に引っ張りこもうとした。

「痛いよ、ママ、痛い！」少女は穴にすっぽりとはまったまま、死につつある母にむかって大声でうったえている。もうこれ以上耐えられない。心臓が飛びだしてしまいそうだ。

「引っ張ってよ！」ヘレンが怒鳴るようにいった。

「引っ張っても、動かないんだよ！」

母親の悲鳴は湿った、むせるような音になり、それから先につかまった人たちと同じような ゴボゴボという音に変わった。這いずる深紅のかたまりは食事を九分どおり終えていた。明らかに次の獲物を物色している。

「痛いってば！」リディアがわめいた。

「大丈夫よ、もうちょっとだからね」落ちつかせようとするヘレンの声に恐怖が満ちている。少女の動きが止まり、とつぜん向こう側にぐいっと引っ張られた。

リディアの声はもう言葉にならず、悲鳴だけがひびき渡っている。僕の脳裏にリディアをはじめて見たときの、飛行機のまねをしてレストランを走りまわっていた姿がよみがえった。恥ずかしがり屋なところも、可愛らしいふるまいも。その子がいま、壁の穴につかえて泣き叫んでいて、わけのわからないものによって引きずりこまれ、溶かされて柔らかな骨の山に成り果てようとしている。

「ああどうしよう、トム。あっちへ連れていかれちゃう。つかまっちゃったのよ！　あいつにつかまっちゃったんだわ！」

「わかってる。とにかく引っ張り続けるんだ！　あきらめるな」

しぼり出すようなヘレンの声と僕の渾身《こんしん》の力が、リディアの苦痛の叫びとまざりあった。ふいに少女の身体が外れ、僕たちはそろって床にひっくり返った。最初に顔を上げた僕は、目の前の光景にショックで言葉を失った。窓から差しこむほの暗い赤い光がその光景をいっそうおぞましいものにしていた。

「大丈夫よ、ほら、大丈夫だからね」ヘレンはまだ顔を上げておらず、少女がもはや泣き声も悲鳴もあげていないことに気づかない。横に倒れたまま幼い少女の体を抱きしめている妻に告げようとしたが、言葉が喉《のど》につかえて出てこなかった。

ヘレンがようやく上半身を起こして目を開け、下を向き、僕を恐怖で固まらせているものに目をとめた。

リディアの下半身はもぎとられ、残された上半身に深紅の蔓の断片が付着している。ヘレンの悲鳴と涙がせきを切ってあふれ、とめどなく流れた。僕の涙や悲鳴なんかよりずっとはげしく。

蔓がリディアの身体の残りを食べつくすあいだ、僕たちはよろよろと反対側の壁にもたれた。目の前のできごとを直視できずに顔をそむける。六十センチ足らず先で少女の身体が溶けていく音以外のものに意識をむけようとした。ここから脱出するのに、何でもいいから役立つものがないかと部屋に目を走らせた。呪文が集中力をさまたげていた。くりかえされるたびに少しずつ音量が増しているらしく、もはやそつまらないロックコンサートに来ているようだった。

「壁から出てくるわ！」ヘレンは僕の肩をつかんで、さっき開けた穴から流れこんできたどろりとしたものに目を向かせた。蔓状のものがのびてきて「ぴしゃっ」という音を立てて壁に張りつく。僕は部屋を見まわし、ヘレンのヘアスプレーが目にとまったとたん、ある考えがひらめいた。ポケットをまさぐりライターをさがす。手のひらに触れると、ヘレンの手首をつかんで引きよせながら、スプレー缶をすばやく手にとった。

「映画みたいにうまくいくといいんだけど」じっとりと汗ばんだ手でポケットからライターを取りだす。点火しようとして、あやうくライターが手から飛びだしそうになった。二回目の点火で火花が散って炎が上がると、僕はそのうしろにスプレー缶をむけながら、広がりつつある地獄さながらの赤いかたまりへと近づいていった。

噴射ボタンを押すと、スプレーのガスに引火し、炎が前方にふき出した。だがその距離は短く、いまや隣室とのあいだの壁一面をおおいはじめた物体のどこにもとどかなかった。さらに接近しようとしたとき、僕の腕を力いっぱいにぎりしめていたヘレンが急に手を放し、僕のカバンをかき回しはじめた。

僕は射程距離に入り、もう一度そいつに火を浴びせてみた。今度はさっきよりうまくいった。炎が壁をなめるように壁紙を燃やし、広がりつつある赤いかたまりをみるみる黒こげにしていく。まにあわせの火炎放射器のうす暗いオレンジ色の光の中で、正義の裁きを下してやったつもりになっていた僕の顔には、かすかなほほえみが浮かんでいたにちがいない。たとえどんなにかすかだとしても。だが、それはたちまち恐怖にとって代わられてしまった。そいつが音を発したとたん……。

……そいつは絶叫した。念のためにいっておくが、人間の叫び声とはまったく別物だ。もっとこの世のものとは思えない音。何千もの声が壁をすり抜けて反響し、周りをとり囲んでいるように感じられた。それは忌《い》まわしい呪文すらかき消すほどだった。耳をふさごうとしてあやうく即席の武器を落としそうになったが、なんとかもちこたえる。一方ヘレンは、何かをさがす手を止め、おぞましいノイズから耳を守ろうと両手で耳をふさいでいた。

「そのまま続けて!」彼女は大声でいった。「ドアにもっと近づくの」耳から手をはなして歯を食いしばり、再び何かをさがして僕の手荷物をひっかき回しだした。ふりむいて炎に包まれた壁を見ると、蔓はいまだにのび広がっていた。あのおぞましい脈打つ苔で床をおおいはじめている。僕はもう一度スプレー缶の噴射ボタンを押し、その物体の大部分が炎でおおわれるようにした。絶叫の音は鳴りやまず、ヘレンと僕は全力でそれを押しのけるように進んだ。

部屋の反対側のドアの横にたどり着くためには、リディアの亡骸《なきがら》をまたがなくてはならなかった。僕は炎を下にむけ、いまや彼女におおいかぶさってがつがつとむさぼり食っている蔓と苔のかたまりを焼いた。小声でごめんねといいのこし、うしろ向きでドアへ近づいていった。ふいにヘレンが手を上げた。そこには黄色いライターオイルの容器があった。ジッポのつめかえ用だ。ヘレンはこっちに駆け寄ってくると、ベッドと壁に向けて炎を放射しはじめた。ベッドと壁が数秒ほどぱっと明るく燃えあがり、部屋の中にひどいにおいが充満した。立ちこめる煙が目にしみてちくちくと痛みはじめたそのとき、僕らは自分たちが燃えさかる部屋に閉じこめられたことに気づいた。

「ドアよ！」ヘレンは脱け出す方法がわかったといわんばかりに叫んだ。容器に残っていたライターオイルをすべてドアにぶちまける。その意図を察した僕は、ドアのほうを向いて即席の火炎放射器を燃え立たせた。ライターオイルのおかげで木材にたちまち火がつき、ヘレンはバスルームへ駆け込んでタオルを水でぬらしはじめた。その様子をながめていると、彼女の頭はものすごい速さでサバイバルモードに突入していた。「愛してるよ」と僕が口の動きで伝えると、彼女はおびえた笑顔を一瞬浮かべ、同じ口の動きで答えた。

ヘレンが作業を終えるのを待たず、炎の中から蔓が一本飛んできて僕の脚にぶつかった。その瞬間、猛烈な痛みが走り、思わず悲鳴をあげて脚にへばりついているものに火炎放射器をむけた。そいつを焼きはらうのに自分の脚ごと火であぶるはめになったが、深紅のものに神経を焼かれるのに比べれば、炎の熱さもたいしたことではなかった。わが身の肉がこげるにおいがしたが、そいつにつかまるよりはましだった。さらにいくつかの蔓が手さぐりで僕をさがして、ぴしゃっという音を立てながらドレッサーや窓に着地していた。ヘレンは蔓をよけながら、ぬらしたタオルを二枚かかえて急いでもどってきた。一枚を僕に投げてよこし、身をかがめてキスをした。

「トム、あのドアをぶち破るのよ」

その物体の叫びで耳から血が出るんじゃないかと思いながら、僕は燃えさかる部屋のドアを宿敵のように見すえた。ぬれタオルを引きよせ、交差させて顔をおおう。まるで昔のミイラ男の仮装みたいだ。すぐうしろではヘレンが、同じようにタオルをまいて、うまくいけば開くはずの穴に、僕に続いて飛びこむ準備を整えているのがわかった。ふりかえって隣室とのあいだの壁を見ると、そこは深紅のかたまりと、いまや天井までなめつくさんばかりの炎におおわれていた。火のまわりは速く、ドアを打ちこわすしかなかった。たとえ深紅のものに食いつくされなくとも、炎に焼きつくされてしまうだろう。しかも、そのどちらかが目の前にせまっている。

僕はランナーの体勢になり、最後にもう一度ふりむいてヘレンを見た。その顔には厳しくも励ますような表情が浮かんでいた――まるで「あなたならできる」と「やらなきゃだめ」とを同時に告げているかのように。僕は頭を低くして煙をよけながら、深く息を吸いこんだ。空気は熱く、煮えたぎる血のようなにおいがした。焼けつく息を吐きだして前に進み、全体重を肩にかける。

頭を下げて燃えさかるドアに体当たりをくらわすと、期待していたよりも抵抗はあったものの、ドアがバラバラとさけるのを感じた。僕はさけ目に飛びこみ、通路から転がりでると雨の中へ飛びだした。タオルを投げすて、急いで立ちあがりドアに駆けもどる。ヘレンがさけ目に突進するのが見えて、僕は手をのばした。

ヘレンは僕とまったく同じように頭を下げて火の中に飛びこんだが、いきなりばったり倒れ、激しい音を立てて通路にたたきつけられた。まるでジャンプの途中でぐいっと引きずり降ろされたかのように。あわてて駆け寄り、助け起こそうとして見ると、脚に赤い蔓が食いこんでいた。ドアのさけ目からふき出す炎は勢いを増し、そのすぐ向こうでは燃えるように赤い巨大なかたまりが立ちあがり、ホテルじゅうにひびきわたっていた叫び声の主であることを示していた。起きあがろうとするヘレンを、そいつがうしろ向きに引きずりはじめた。僕たちはしっかりとたがいの身体に腕をまわした。絶対に放してたまるものか。

「生贄《いけにえ》はひとりだって欠けるわけにはいかねえんだよ！」ロビーのほうから怒鳴り声がした。見ると、ずんぐりとしたホテル支配人のオーティスが、ナイフを手によたよたと向かってきた。こんな状況でなければその姿は滑稽《こっけい》なほどだったが、やつが近づいてくるにつれ、僕はヘレンを支えるのと同時に、このずんぐりむっくりの怪物をかわすのは無理だと気づいた。

次に起こったことはすべてがあっという間で、僕は手も足も出なかった。

「おれのモーテルになんてことをしやがったんだ！」オーティスはわめき散らし、刃物を持って飛びだしてきた。ヘレンがほんの一瞬僕の目を見つめた。そのとたん彼女の考えがわかった——ああ神よ、わかってしまったんだ。ヘレンは僕をつかんでいた手をはなしたけれど、僕は全力で持ちこたえようとした。深紅のものがヘレンを部屋のほうへと引きずりもどすと、僕は雨ですべりやすくなった木の通路を数センチ引きずられた。そのときナイフがふり下ろされ、僕の腕に突きささった。あまりの痛みにひるんで手をはなし、そのはずみで通路の外に仰向《あおむ》けに倒れた。ヘレンがずんぐりむっくりの怪物のえりをすばやくつかみ、僕は急いでもどろうとした。だがまにあわず、深紅のものは目にもとまらぬ速さでヘレンの脚を引っ張った。そのあいだもヘレンはオーティスのえりをつかんではなさなかった。僕はヘレンを救おうと手をのばしたが、二人は燃えさかる部屋の中へと消えていった。深紅のものにむさぼられたか火に焼かれたか、どちらなのかわからないが、オーティスが途方もない強烈な痛みに泣き叫ぶのが聞こえた。一方、妻は――僕の強い妻、美しいヘレンは――叫び声ひとつあげなかった。

得体のしれない生き物が勝利のおたけびか苦痛の絶叫か、遠吠《とおぼ》えのような叫び声をあげ、部屋が崩れ落ちはじめた。僕は「満室《NO VACANCY》」の表示の赤いネオンの下にすわりこんだ。オーティスが生贄の儀式をおこなうあいだ誰もモーテルに近づけないようにする「NO」の文字がくっきりと浮かびあがっていた。他の部屋の燃え残ったスピーカーからまだ流れていた呪文はだんだんと静まり、雨が僕の肌にはげしく打ちつけた。火の手はあっという間にホテルじゅうに広がった。

僕は雨の中にたたずみ、焼け落ちるホテルをいつまでも見つめていた。

（岡田ウェンディ訳）

おチビちゃん

マックス・ロブデル

Teeny Tiny
Max Lobdell

マックス・ロブデルは教育界出身の作家で、確実に読者に届くよう市場調査をした上でTumblrブログのunsettlingstories.comなどで作品を発表し、リアリティのある作風が話題を呼んでいる。

わたしの体験を書きとめておけば、他の子たちが読んで、その過《あやま》ちから学べると医者は言った。なにしろ、わたしはもうすぐ死んでしまう。そう考えるとほんとに悲しくなってしまう。他の子たちには、わたしのように病気になって欲しくない。わたしとまったく同じようになるはずないけど。だって、そんなのあり得ない。でも、これを読んだら、その子たちがバカな選択をしないですむかもしれない。

小さいころ、ママはよくわたしを抱っこしてこんな風に言った。「まぁ、ケイティったら、ママのお膝にぴったりね！　なんてちっちゃいんでしょう！」わたしはそう言われるのが大好きだった。温かく抱きしめてくれて、とても心地よかった。悲しくなったり、怖くなったりするといつもママのところに行き、するとママは「わたしのおチビちゃん、いったいどうしたの？」と抱き上げてくれた。不安になったわけを話すと、ママはいつも、絶対、必ず安心させてくれた。

いちばん記憶にはっきり残っているのは、わたしが十歳になった日だ。それは、楽しかったような気がする誕生日パーティでも、いまだにいくつか手元にあるプレゼントのことでもない。その夜ママがわたしを膝に抱き、目に涙をためてパパに言ったときのことだ。「ケイティはどんどん大きくなるわね」パパがなんて返事したか覚えてないけど、否定はしていなかった。わたしはもう、ママのおチビちゃんじゃなかった。

十歳のわたしは、身長百四十七センチ、体重四十五キロくらいだった。どんどん成長していた。ママもパパも長身だ。どうしようと思った。目盛りは増えていくばかりで、十一歳になったときには身長百五十七センチ、体重五十四キロ、胸も膨らみ始めていた。この頃、落ち込んでいるとママはわたしを抱きしめて、こんなときにぴったりの言葉をかけてくれたけど、何もかも今までとは違って聞こえた。ママは揺りかごのように抱っこしてくれなかった。膝にも乗せてくれなかった。わたしは寒くて独《ひと》りぼっちになった気がした。本当は全然そんなことなかったのに。ただ小さい頃のように、ママをもっと近くに感じたかった。だから、わたしはまたちっちゃくなることにした。

皿の上の食べ物を片側に寄せ集め、実際より食べたみたいに見せかけると、ママは気づくようになった。「育ち盛りの女の子なんだから」ママは優しく、でもきっぱり言った。「食べなきゃダメよ」全部食べ終わるまで、わたしは席を立つのを許してもらえなかった。

その夜、夕食後にベッドの上で仰向けになり、天井を見ながら胃に入った食べものの重みを感じていたのを覚えている。「育ち盛りの女の子」というママの言葉が頭の中に響いて、ひどく気分が悪くなったわたしはバスルームに駆け込んでトイレで吐いた。自分専用のバスルームがあって、ほんとによかった。両親には、わたしの吐く音が聞こえなかったから。すべて吐き出すと、気分はだいぶ良くなった。体が軽くなったし、小さくなったようにさえ感じた。

また普通に食べるようになったわたしを見て、ママはすごく喜んだ。インフルエンザにかかったのかもしれないと心配していたから、昔のように食べるのを見てすっかり安心した。ママが知らなかったのは、わたしがその後、寝るまでどうしていたか。わたしはバスタブの湯を流す音を立てながら、全部吐き出していた。これを毎日、何年も続けた。

食事を吐いても現実は悲しいことに、すべてチャラになるほど体重は減らない。むしろ、わたしの体重はさらに増えた。確かに食べたものはすべて体の外に出すけど、およそ週に二度はベッドに横たわりながら、冴《さ》えた頭で鎖骨、腰骨、あばら骨を触《さわ》り、食べもののことばかり考えていた。自分の中で何かがパチンと切れると、大急ぎで冷蔵庫やキャビネットを開けに行き、胃が破裂しそうになるまで食べた。そうしてぐったりすると、二階に戻りベッドで気絶するように眠った。カロリー不足によるカロリー摂取という週二度の大食いを続け、健康体の自分なら満足する以上の量を食べていた。ただし、わたしはまったくこれっぽっちも健康じゃなかった。そして、誰もそれを知らなかった。

こうしたすべてが、高校を卒業してこの数ヵ月でひどくなった。わたしは十七歳で、身長百八十センチ、体重七十九キロだった。この世の何よりも自分の体を憎んでいた。いつだって寂しくて、すべてを忘れてしまいたかった。わたしは働こうと決めた。古い医療機器をリサイクルするところで仕事を見つけたとママに話すと、自分から行動したことをとてもほめてくれた。ほろ苦い気分だった。ママがわたしを大人として見るようになったのは気づいていた。ママのおチビちゃんではなく。わたしは自分をこれ以上ない、完全な失敗作みたいに感じた。

わたしが働いていたリサイクル施設は、病院で使われた大きな機器を解体して、その部品を売っていた。わたしは受付係だった。電話の応対をして、配送の段取りを手伝った。一緒に働く人たちはとても親切で、数週間後には鍵をくれたので、早めに出勤してコーヒーを準備し、作業の指示書をプリントアウトした。ある夜、みんなが帰宅した後、わたしは職場に戻ってこっそり中に入った。みんなの信頼を裏切ったことは、今でも心が痛む。

二、三日前に、古い機器が運び込まれていた。みんなが分厚い手袋をはめて、スキューバダイビングをするときのような呼吸マスクを着けていた。作業が終わってから、わたしはそれが何なのか聞いてみた。がん患者に放射線治療をするために使うものらしかった。詳しいことはよくわからなかったので、家に帰ってからウィキペディアを開き、たくさんの情報に目を通すとあることを思いついた。

わたしがこっそり中に入ったあの夜、職場には誰もいなかった。放射線治療の機器が置かれた場所にまっすぐ向かい、それをじっくり調べた。ほとんどの部分がすっかり解体されていた。都合のいいことに、探していたものは巨大な鉛の容器の中に分類され、目立つ印が付けられていた。蓋を外すのに手こずった。鉛ってすごく重い！　でもなんとか蓋を開けると、車輪のような円筒形の金属の部品が見えた。それを取り上げ、回転させて調べてみると、前面にある小さな窓が開いた。ほのかな青い光が内側に見えた。目の高さに持ち上げて、中をのぞいた。光のほかは何もない。探していたものはこれだろうと思った。

この物体を家に持ち帰ると、寝室に鍵をかけた。ドライバーでこじ開けようとしたけど、内側からロックされているようだった。しまいにイライラして、また円筒を回転させて窓を開け、青く見えるところにドライバーを突っ込んで掻《か》き出そうとした。意外にもかなり柔らかかった。ドライバーでほじくったのでほとんどは崩れ、円筒をひっくり返すと欠片《かけら》が机の上に散らばった。なんてきれいなんだろう。まるで、青く輝く粘土と砂の塊のようだった。できる限り集めて、今夜使う分だけちょっと残してしまっておいた。

放射線治療について読んだ中に、気の毒ながん患者はこれでものすごく痩せてしまうとあった。食欲がまったくなくなるのだ。信じられなかった。わたしはいつも食べたくて仕方なかったから。これを飲むときは充分気をつけなきゃと、自分に言い聞かせた。放射性物質を摂取しすぎたら、自分もがんになってしまうかも。わたしは青い粘土をひとつまみ口に入れ、水と一緒にぐいと飲み込んだ。冷たい水だったのに、喉《のど》を下りるとき温もりを感じた。実のところ、リサイクル施設から帰宅してずっとぽかぽかしていた。気持ちよかった。毛布にくるまれた子犬みたいに。

その夜、人生でこんなに汗をかいたことがないほど寝汗をかいて、目が覚めた。ベッドがびしょびしょだった。最悪だ。減量したかったのは水分じゃなかったけど、全然減らないよりマシだった。シャワーを浴びて、シーツを替え、ベッドに戻った。少し胃が疼《うず》いた。

翌朝起きると胃が痛み、二、三度吐いた。だけどなんと、まったくお腹が減っていなかった。この事実だけで、腹痛はほとんど吹き飛んだ。食べなくても平気だなんて！　ママから昨日の夕飯の残りを仕事に持って行くか聞かれ、でまかせにみんなでピザを食べると言った。ママに嘘《うそ》をつきたくなかったけど、心配させたくなかった。お腹《なか》が空《す》いてないなんて、ママに言う必要なかった。職場ではあの機械がすっかり分解され、送り先がどこだか知らないけれど発送の手配が進められていた。わたしは取り出した鉛の容器を注意深く元どおりに戻しておいた。小さな円筒がまだ中にあるか、誰も確認しなかった。

それから数日は胃の痛みが悪化して一、二度吐いてしまった以外、特に何も起こらなかった。放射線の薬を飲み始めてからというもの、ほとんど何も口にしていなかった。栄養が足りなくて頭がぼんやりしたときは、リンゴか無脂肪ヨーグルトを食べれば事足りた。まだ大量の汗をかいていた。体重計に乗ると七十六キロだった。

ほぼ何も食べず、毎晩きっちり放射線の薬を飲み続けて一週間が過ぎ、胃の痛みはかなり深刻な状態まで悪化した。吐かなくなったけど、今度はトイレに駆け込みたくなった。トイレに入ると、それはひどかった。その量といったら、衝撃的だった。自分で思っていたより食べて、溜《た》め込んでいたようだ。でも、この後に体重計に乗るとだいぶ気持ちが救われた。七十三キロ。

それからの数日、一人、二人からかわいいとほめられた。痩せたのかと聞かれ、そう、たぶんほんの数キロねと答えた。満面の笑みで。思春期のわたしはずっと太る一方だった。ついに今、痩《や》せ始めて以前のおチビちゃんに近づこうとしている。ただし、最高の気分というわけではなかった。お腹の調子が悪くてしょっちゅうトイレに駆け込んでいたし、その後も痛みが続いた。余分な脂肪を全部出そうとしてるんだと思った。七十二キロ。

薬を飲み始めておよそ十日後、シャワーを浴びている最中に髪の毛が抜けたのを見てぞっとした。ひどかった。ほんとにとんでもなく最悪だった。すぐに髪を洗うのをやめて、シャンプーの残りを湯ですすぎ流すだけにした。シャワーを出て、一時間近くかけて髪をドライヤーで乾かした。もっと抜けるかもしれないと思うと、怖くてタオルが使えなかったから。鏡の曇《くも》りが消え、髪が乾くと、どれだけ目立つか確かめた。かなり大きな円形脱毛があり、五センチ近い幅の赤い頭皮が左耳の上に見えた。周りの髪をかき集めて、その部分を隠した。さらに髪が抜けた。ずっと食べていない栄養不足が原因にちがいなかった。わたしはテネシー・タイタンズの帽子を被り、服を着た。歯を磨いたとき、シンクに少し血がついているのに気づいた。仕事の後にマルチビタミン剤を買うようメモした。

翌日はシャワーを浴びなかった。朝起きると、枕にまた髪が抜け落ちていたからだ。頭の地肌が一段と目立ち始めていた。赤く皮がむけたように見えたけど、痛みはなかった。仕事は休みだったので、家から出ずにネットで栄養欠乏症について片っ端から調べ、髪が抜けたり、歯茎《はぐき》から出血する原因を探った。わたしの買ったマルチビタミン剤でたいていは補えるとわかったので、念のために三倍の量を飲んだ。起きていた十五時間の間に、五回トイレに駆け込んだ。五回目にはだいぶ意識がもうろうとしていて、喉がカラカラに渇いていた。水と放射線の薬を飲む前に、体重を量った。六十八キロ。二週間足らずの間に、この薬で十一キロ減量できた。

翌朝、仕事に行く前にママがわたしを抱きしめた。背中を上下にさすり、わたしがすっかり痩せたと言って、こう続けた。「昔、わたしのおチビちゃんって呼んでたの覚えてる？　あの頃が懐かしいけど、でも大きくなったあなたのことも、同じくらい愛してるのよ」そしてわたしから手を離した。痛み、吐き気、そして絶望が押し寄せた。突然、またしても猛烈なめまいがしてよろめき、キッチンの床に倒れた。帽子が脱げ落ちた。クラクラする頭でなんとなく覚えているのは、ママが息を飲みながら「ケイティ、髪の毛どうしたの？」と言い、その後わたしが床と自分の服に勢いよく吐いたことだ。すべて血だった。ママの叫び声に、わたしは意識を失った。

病院でどれだけ時間が経ったのかわからない。完全に意識がなかったわけじゃないけど、薬物治療で目を覚ました最近までの間で覚えているのは、職場の人と同じ潜水用の呼吸マスクを着けた医師たちが、「セシウム」だとか「壊死組織《スラフ》」だとか、色ではない「吸収線量《グレイ》」という意味不明な言葉を発している姿だけだ。

今、わたしは動くことも話すこともできず、残っているほうの目の動きで文字を選択できる、クールなキーボードを使ってこれを書いている。はじめに言ったように、もうすぐわたしは死ぬ。もう、わたしは見ていて気持ちのいい存在じゃない。髪はなくなった。下アゴも。皮膚も。優しい医師たちが痛みを和らげ、起きていられるような薬物治療をしてくれる。放射線の薬を飲んだら人体にどんな影響があるか、検査や実験をしてもいいか聞かれた。なんでも二、三年前にオオウチ・ヒサシという日本人男性がわたしと同じくらいの放射線を浴びて、似たような体になったらしい。二人の事例を比較できたら、将来他の人のためになると言う。もちろんわたしは協力した。

もう、わたしは食べることができない。食道が溶けてなくなってしまった。胃もなくなった。医師がわたしのお尻に管を入れて、水分を補給している。そのことはあまり考えたくない。ここでじっとしているわたしの唯一の楽しみは六時間おきの体重測定で、与えられた水分を維持できているか、それとも全部シーツに漏《も》れ出しているか確かめる。医師がわたしを持ち上げて台に乗せると、機械が小さな声で数字を読み上げる。今朝は三十三キロだった。その次は三十一キロ。

ママとパパは会いに来るたび、あの潜水用スーツを着なくちゃならない。ママはいつも泣いている。わたしに触《ふ》れることもできないから。パパはじっと見てるだけ。これを書く直前、ママが身を屈めて、小さい頃によく言ってくれた言葉をわたしにささやき始めた。目を閉じて、ママの膝の上で温もりと安らぎに包まれる自分を思い描いた。「愛してるわ、わたしのおチビちゃん」ママがすすり泣く。わたしに口があったら、微笑んだのに。

（本間綾香訳）

香り

マイケル・ホワイトハウス

Perfume

Michael Whitehouse

マイケル・ホワイトハウスはスコットランドのグラスゴー出身で、creepypasta.com や Creepypasta Wikia の常連作家。ゴーストものやダークファンタジーが得意で、メタホラーと呼ばれる、作家本人が登場したり読者を巻き込んだりして現実とフィクションの入り交じった作品が特徴。

香りがまとわりついていた。空中を漂い、わたしをからかいながら、いずことも知れぬ果てへと導いていた。冷たい空気にネグリジェをふるわせながら、血塗られたように赤いタペストリーが並ぶ廊下を走った。香りの源を突きとめようとするわたしに、月光が道を示してくれた。見通しの悪い角を曲がり、硬いオーク材の戸口を抜けて、かつて笑い声と恐ろしい行為で満たされていた部屋へ足を踏みいれる。一歩進むたびに香りは強くなった。バラ。ショウガとかんきつ類のつんとくる匂い。どこかなじみのある匂いだ。

それから別の部屋へ入った。他とはちがう、古い寝室。大きな四柱式ベッドの横にろうそくが一本置かれていた。こぼれ落ちる明かりが、部屋を暗く不気味に浮かびあがらせていた。床は冷たく、木材が少し反《そ》っている。はだしの足にわずかばかり残っていた体温も奪われてしまった。ベッドの反対側に大きな暖炉《だんろ》がしつらえてあったが、火は消えていて、生活感はなかった。暖炉の上に掛かった大きな肖像画が、部屋を見下ろしていた。絵のなかにはひと昔もふた昔も前の深緑色のドレスを着た女が座っていた。髪はきっちりとシニョンにまとめ、濁った真珠のような青白い肌をして、目は冷たく、容赦《ようしゃ》のない残酷さをにじませていた。

その目は、わたしがベッドの周りをゆっくりと歩いて、その足元に立ち止まるまで、じっと追いかけ見つめてくるように思えた。かつては濃い深紅だったがいまでは色あせた毛布がマットレスを覆っていて、ろうそくの明かりが見えないすきま風にあおられたとき、誰かがベッドに寝ているとわかった。

顔は見えなかった。頭から足まで赤い毛布ですっぽりと覆われている。その輪郭を見て、わたしは恐怖に震えあがった――毛布をめくってみる勇気はなく、ショックで神経がもつかどうかわからなかった。またしても、あのなじみ深い感覚に襲《おそ》われた。人目につかない暗がりに隠れている記憶は、姿を現すのを拒んでいた。むせかえるようなバラの香りはさらに強まり、背後の肖像画が悪意に満ちた視線を向けながら、一部始終を見張っているのを感じた。そのときふと、別の匂いに気がついた。もう何年もの間にその部屋で腐ったまま香水の甘さにごまかされていた不潔な陰部の匂い。

毛布の下にある頭と体の輪郭を見つめているうちに、異臭はきつくなってきた。息をするたび、バラと、大雨の後の土のように湿った汚いものが混じった匂いがした。この部屋には、わたしのほかに何か腐ったものがあるのだ。異臭はあまりに強烈で、舌に味を感じるほどになってきた。隠れている記憶がいまにも鎖を引きちぎって飛び出してきそうだった。逃げなければ。走って。この部屋から、この家から飛び出し、再び呼吸のできる広々とした場所へ。

わたしは急いで元来たドアへ向かった。鍵がかかっている。金属の取っ手の、焦げ茶色に塗られた球形の部分をひねった。オークに埋め込まれた施錠装置は、わたしをあざけり抵抗するように、壁の内側の届かない部分で音を立てるばかりだった。わたしは独房に、花の甘い香りと死の匂いが混ざりあう場所に、閉じ込められた囚人だった。

わたしはドアを叩《たた》いた。叫んだ。金切り声を出した。でも返事はなかった。わたしの叫びは、七歳のとき以来訪れたことのなかった実家である、ぽつんとたたずむ一軒家の中へ消えていくだけだった。そこは暗い記憶と深い傷を隠した、この数十年という歳月の薄いベールに覆われた場所だ。とうとうわたしは負けを認めた。抗うのをやめ、鍵のかかったドアの冷たい木の表面に額をあずけ、心を静めようとした。

そのとき音が聞こえた。

最初はひとつ、続いて別の音が三つ。ガタガタッ、ミシミシッという音だった。何の音かたしかめようと、ゆっくりと振りかえってみたが、特に変わったところはなかった。誰かの体はベッドに横たわったまま、毛布は完璧な人の形を描いている。ベッドわきのろうそくは揺らめきながらもまだ灯《とも》っていて、その揺らめきに合わせて部屋のなかを影がおどっていた。影が動いているような錯覚を起こさせ、ふと肖像画に目をやると、女の目が暗い暖炉の上からじっとこちらを見つめており、まるでわたしが誰なのかわかっているかのような表情がその顔をふいによぎった。

わたしは身を震わせ、単なる光のいたずらだと自分に言い聞かせた。だが、その顔は相変わらずじっとこちらを見ている。きしむような音がまた聞こえた。何年も開けられていない傷《いた》んだ扉のようなガタガタという連続した音が、夜の闇のなかをゆっくりと移動している。でも音の源は見えなかった。心臓をばくばくさせながらあたりを見回すと、ほの暗い明かりのなか、部屋の奥に古びた木の衣装ダンスがあるのに気づいた。

またきしむ音がした。ミシミシッという音がするたびに混乱と激しい嫌悪に襲われ、強い不安に駆られはじめた。ドアのほうを向いてノブを力いっぱい回してみても、現実は何も変わらなかった。シーツの下で腐っている死体と、衣装ダンスから聞こえるミシミシという音とともに、この部屋に閉じ込められてしまった。それは生き物を思わせる音で、木の床や古い家の梁《はり》の収縮による音とは異なっていた。時に自然に、かつ不自然にも聞こえた。

ミシミシッ、ガタガタッとまた音がしたため、やはり部屋の奥の衣装ダンスを確認しなければならないと思った。何を目にすることになるかと思うと恐ろしかったが、身の毛もよだつおぞましいものがその木の墓から出てくるのを、じっと待っているなんてとても耐えられない。この責め苦のような夜をさっさと終わらせて、大人としての生活に戻りたかった。何かに強《し》いられて先祖代々続くこの館を訪れたけれど、もう一度外の世界の涼しい風を感じることができたなら、わたしはこの家を呪い、二度と帰ってくるつもりはない。

覆い隠された記憶がまた脳裏をよぎった。よく知っている香りが鼻を刺激する。この部屋は……過去へつながる恐ろしい窓なのだ。こんなふうに苛《さいな》まれ、もてあそばれてたまるものか。衣装ダンスの中に何があるのか突きとめなければならなかった。

わたしは前に進み、ベッドをまわりこんでその足元に向かった。肖像画が威嚇するように見つめているにちがいなかったが、あえて目を合わせずに、衣装ダンスをじっと見つめたまま近づいていった。ガタガタッ、ミシミシッという音がとぎれとぎれに聞こえた。耳をすましながら一歩ずつ進むわたしを、時には恐ろしい音が、また別の時には静寂が迎えたが、夜に聞く音としてはどちらも魅力的とはいえなかった。

衣装ダンスの扉に手を伸ばした瞬間、背筋が凍りついた。扉が、ほんのわずかだが、動いたのだ。まちがいない。内側の暗闇が二センチほど見えた。黒い空気の細い一片が見えて、中から油断のない目がこちらをにらみつけている気がした。

　わたしが近づくと、それに応えるようにきしむ音が、今度は前よりも大きく聞こえた。だがそれには指の関節を鳴らすような、さきほどまでとは違う特徴があった。何年も動かしていなかった手足が骨やじん帯をパキパキと鳴らしながら、時間の無慈悲な拘束から解き放たれる音。わたしはそろそろと手を伸ばすと、扉を一気に引き開けた。一瞬、衣装ダンスの闇のなかに、こちらを見つめる二つの目が見えたような気がした。だが唯一灯るろうそくの光がその暗がりへ届いたときにはなにも見えなかった。衣類も、持ち物も、気味の悪い目もなく、誰かの生活が消えてできる、ただのがらんとした空間だった。

　ほっとためいきをついて、後ろを振り向いたわたしは身をこわばらせた。何かがおかしい。さっきまでと何かがちがう。壁の肖像画ではない。絵の中の女の冷酷な顔はまっすぐ前を見つめている。暖炉でもない。火は消えたまま、その焚《た》き口は闇に沈んでいる。部屋の反対側のドアでもなく、わたしの唯一の逃げ道は今も閉ざされたままで、目に見えない看守に閉じ込められたのはまちがいなかった。

　そうしたものは何ひとつ変わっていなかった。だが、わたしを震えあがらせ、かろうじて保っていた平常心をずたずたにしたのは、ベッドで毛布の下に横たわるものだった。香りと不気味なオーラを部屋いっぱいに漂わせる無言の死体。

それが消えていた。

赤い毛布はめくられて白いシルクのシーツが見えた。誰かがそこに横たわっていたことを示す唯一の証拠は、マットレスに残された、今はどこかへ消えた死体の輪郭がくぼんでいるだけだった。

またきしむ音が聞こえ、はっと息をのんだ。今度はベッドのほうからだったが、死体の姿は見えなかった。部屋には誰もいないのに、たしかに人の気配がする。何かがいる。あたりを見回したそのとき、ある考えが浮かんだ。こんな状況でなかったら突拍子もない考えに思えただろう。もしかすると赤い毛布の下に寝ていたのは、目に見えない亡霊《ぼうれい》なのではないか。人の体を持った亡霊だけど、肉眼では透明に見えるのだ。

ミシッ。

音はじりじりと近づいてきた。

ミシミシッ。

今度はベッドの足元からだ。それが何であろうと、こっちに向かってゆっくりと歩いてくる。その重さでゆがんだ床板がたわむのが、わたし以外に何かがいるという唯一の印だった。

それの腐った手がわたしに触《ふ》れる前に死体が見えさえすれば。そう思った瞬間、わたしはベッドに突進し、亡霊が前に進んだすきにマットレスからシーツを引きはがし、網のように宙へ放り投げた。シーツはあの甘ったるい悪臭を放ちながらひらひらとはためいた。そして止まった。床の上にではなく——歩く死体の上に舞い落ちて、その形をくっきりと浮き上がらせた。白いシーツの屍衣《しい》は、忌《い》まわしい何かにかぶさっていた。

それの歩く姿は、見えないままのほうがよかったかもしれない。だらりと垂れた長いシーツがこちらに向かって歩いてくるのを目にして、あやうく心臓が止まりそうになった。ミシッ。ミシッ。目に見えない足取りの一歩一歩が、いまだかつて味わったことのない恐怖の痛みをもたらした。そのとき衣《きぬ》ずれの音とともに、シーツの下で別のものが動いた。何かを突き出すような動き。かろうじて思い浮かべたのは、わたしを捕まえようと屍衣の下から伸びてきた二本の手だった。

わたしはよろよろと後ずさりした。悲鳴をあげたそのとき、部屋がさらに暗くなった。後ずさりしたわたしは、衣装ダンスの中へ入りこんだ。布に包まれた死霊の手にあやうくつかまれそうになり、わたしに残された最後の手段は、衣装ダンスの扉を引っ張って身を隠すことだった。

死霊が扉を引っ張って揺らしたので、やっと見つけた避難所は激しく振動した。わたしは外に指を出して、木の扉に全力でしがみついた。わたしと腐った化け物とを隔てる唯一のバリアに。

記憶が洪水のごとく押し寄せてきた。暗い衣装ダンスが、心の奥底にしまいこんでいたつらいできごとを思い出す引き金となったのだ。暗い場所に閉じ込められた少女の記憶。地下室、屋根裏部屋、衣装ダンス……。虐《しいた》げられていた少女。叩かれ、あざ笑われ、世話をしてくれるはずのたったひとりの人から精神的な拷問《ごうもん》を受けていた少女。幼い頃の記憶が現実のようにありありと蘇《よみがえ》り、わたしの体はぶるぶる震えだした。

ふいに攻撃が止み、あたりがしんと静まりかえった。そのとき、ささやくようなふたつの言葉が聞こえた。

「かわいい……ソフィ……」

その言葉は声というより息に近かったが、そのささやきの主が誰なのかわたしにはわかった。祖母だ。しつけという義務を悪用した恐ろしい女。

「わたしはほんの子どもだったのに！」わたしは声をかぎりに叫んだ。「よくもあんな仕打ちができたものね！」

わたしは扉にしがみつきながら、扉の前に祖母の霊が立っているにちがいないと思っていた。暖かくねっとりとした息が指にかかるのを感じたとき、その不安は確実となった。口が、見えようと見えまいと、臭い息を吐きながら、少しの間わたしの指の上にとどまっていたのだ。次の瞬間、湿ったものがわたしの指をべろりとなめた。この世のものではない腐った舌が。でもわたしはドアを開けようとはしなかった。できることはほとんどなかった。狂った祖母の幽霊にむきだしの肉をなめられているあいだ、わたしは必死に扉をつかんでいた。

そして無が訪れた。再びの静寂。息がかかることもない。ドアを揺さぶられることもない。一切の無。

だが次の瞬間、唾液のしたたる歯がわたしの指に激しくかみついた。歯は皮膚に深く食い込んで骨をかみ砕き、あまりの痛みにわたしは泣き叫んだ。わたしの絶叫にまぎれるように、楽しげな笑い声が聞こえた。

歴史はくりかえされた。激しい苦痛によって記憶が次々にあふれだしてきた。その昔、祖母は卑劣な行為をした。悪意のある狂った行為を。わたしを暗闇に閉じ込め、打ちすえ、小突き回し、さらにそれ以上のことを。忌まわしい歯がさらに深く食い込んできて、その瞬間の痛みと記憶のなかの痛みが混ざりあった。

いいかげんにして！

わたしは怒りにまかせて叫ぶと、衣装ダンスの扉をおもいきり押して、布に覆われた物体を床に打ち倒した。指は出血していたが、指も体も動かせるようになった。わたしはベッドに飛び乗り、もう一度鍵のかかったドアに突進した。ドアはきつく閉ざされたままで、わたしは怒鳴《どな》り、わめきながら、必死で開けようとした。だがドアはびくともしなかった。囚《とら》われの身となった自分を罵《ののし》りながら、激しく叩きつけた。そのとき背後から二本の手が伸びてきて、シーツに覆われた指がわたしの首にまきついた。

わたしたちはつかみ合いになった。わたしを窒息させようと、首を絞める手に力がこめられる。抑えようのない怒りと、純然たる生存本能がわきあがった瞬間、一本だけ灯っていたベッドわきのろうそくをつかんで、祖母の足元へ投げつけた。ろうそくはシーツの屍《し》衣にあたった。部屋が燃え上がった。ベッドも。肖像画も。衣装ダンスも……。わたしの傍《かたわ》らで、床に転がった祖母の死体が燃えている。わたしがおぼえているのはそこまでだ。

気がつくと、庭にぼうぜんと立ちつくし、家が炎に飲みこまれて焼け落ちるのを見つめていた。子供時代を過ごした家に戻ってきたのは、祖母がこの世に別れをつげた後でその遺品を確認するためだった。だがどうやら祖母はわたしには別れを告げていなかったらしい。その夜を境に、わたしはようやく祖母との関係をきっぱりと断ち切ることができたのだった。

（岡田ウェンディ訳）

図書館の地下室で

ロナ・ヴァセラー

Down In The Library Basement

Rona Vaselaar

ロナ・ヴァセラーは別名Sleepyhollow_101でも活躍している作家。趣味は墓地歩きと刺繍。ミネソタの小さな町で暮らした経験を元に、女性が主人公のゴシックホラーを発表している。

図書館をやっていくのは楽じゃない。

司書なんて一日中のんびり座って本を読んでいるだけだ、と考える人がどれほどいることか。司書の仕事のあれこれを、みんなちっともわかっていない。母のほんの一日をのぞいてみても、町のお年寄り向けにパソコン教室を開き、大切な人の眠るお墓を探す家族を四組手伝い、蔵書検索システムに千冊の新刊書を登録し、返却本を書架に戻し、子どもたちに読み聞かせをし……と、やることはひたすら続く。

なぜこんな話をするかというと、図書館をやっていくには、学位と何年もの経験のある人材が必要だということ……そしてわたしはその人材ではないと言いたいからだ。

母は二十年以上、この小さな町の図書館を管理していた。そのすぐれた仕事ぶりこそが、町にまだ図書館が存続するたった一つの理由だ。残念なことに、それは誰も母にとって代われないという意味でもあった。母が地下室の階段で転んで脚を骨折した、たとえ短期間でも。

母から帰ってこいという電話がかかってきたとき、何かまずいことがあったなと察するべきだった。わたしはフリーのライターなので、ミネソタの田舎にすぐに帰るのは難しいことではなかった。ただ、言わなくてもわかるだろうけど、わたしはそうしょっちゅうは帰省しない。少しでもそんな気持ちがわくことは、ほとんどない。

「わたしが仕事に戻れるまで図書館をお願いしたいの」

病院のベッドで母がそう言ったとき、それは頼みというより命令だった。揺らぎのない表情から、母の中ではとっくにわたしが引き受けることになっていたのは明らかだった——

——わたしがなんとごねたって。

司書の娘として、母の仕事がどれほど大変かは誰よりわかっていた。この頼みには血の気《け》が引いた。「ママ、そんなの無理よ、無理。本の登録の仕方も知らないし、蔵書検索システムの使い方もわからないし……」

どうでもいい、と言わんばかりに母はひらひら手を振った。「そんなの問題じゃないの、本の登録なんていらない。貸し出し手続きだけしたらいいわ、前にやったことあるでしょ。ロック郡から週一で別の司書さんが来てくれて、新刊登録も、あなたがしくじったときの後始末もしてくれるんだし」顔をしかめたかったけれどやめておいた。だいたいは母のいうとおりだったから。「とにかく利用者さんの対応をお願いしたいの。本探しや検索を手伝ったり、パソコンを立ち上げたり」

「無茶な頼みだってわかってるんでしょ？」わたしは顔に感情を出すまいとして言った。

母はため息をついた。「あのね、理想どおりではないことは確かよ。でもわたしの脚が治るまでのほんの数週間じゃない。図書館をあけておいてくれさえすればいいの。もっとふさわしい人がいればその人に頼んでる。でも現実は、この町で適任の司書にいちばん近いのはあなたなの。わたしを別にすればね。あなたは図書館で育ったんだから、基本的なことはわかってるはず。できるできる」

どうだか、という視線を投げたわたしに、母がはげますような笑顔を返した。わたしがため息をつくそばから、母は代役の仕事について簡単な説明をはじめた。細かい仕事が山のように続くので、わたしはメモを取らなければならなくなった。それが四、五ページになったあたりで、母はわたしの失敗のおぜん立てをしているのだと確信した。

「がんばって、大丈夫だから」母は言った。

はいはい。


図書館での初日は究極の地獄だった。混沌《こんとん》と自己嫌悪で、もうなにがなんだか。

母の指示にちゃんと従ったのに、ほんのなぐさめにもならなかった。

朝、必ず読み聞かせをすること。開始は九時きっかり。

ふだん子どもは大好きだけど、おとなしくさせようとなると話はべつだ。おしゃべりをやめようともしない。わたしが選んだばかばかしい絵本の四ページ目にたどりつくまでに、十五分もかかってしまった。メガネをなくしたマヌケなクラゲの話だった。そもそもクラゲにはメガネなんて必要ないっての。

お昼までに、すべてのパソコンにウイルススキャンをかけること。一つやられると必ず全部ダメになる。ウソじゃないからね。

もちろん、初日にパソコンが全部ダウンするのはわたしの運の問題なのだろう。この町に住むＩＴ技術者に電話した。この町といっても郡の向こうの端に住む技術者は間違いなく役立たずだと判明した。「おそらく今週後半に修理に行けます」と言う。それはすばらしい。一週間パソコンなしとは。自分が何を言ったのか正確には覚えていないけれど、どうやら脅しがじゅうぶん効いたらしく、彼は一時間以内に来ることになった。修理のあいだ、彼は用心深くわたしを避けた。

家系図探しの手伝いが必要な利用者さんがいるかも――とにかくがんばって。

母が教えてくれたウェブサイトを使っても、人探しはほぼ不可能だった。「ひいひいばあさんの名前はエセルというんだ。見つけてもらえるかい？」「やってみます。名字はなんですか？」「えっと、わからないけど、でも赤い家に住んでいた」「……そうですか。ほかに情報は？」「ひいひいばあさんは魔女だったんだ。彼女の魔術の本を探している」「……そうですか」

きっと子どもたちが学校で読む本を探しに来る。学校に本読み学習があるの。それぞれの読書レベルに合う本を読んで、学期内に決められたポイントをもらわないといけないから。必ずそれぞれの年齢と読書レベルにあった本を探してあげること。

「どういうことです、うちの息子が『時計じかけのオレンジ』を読んではダメなんて？」

サッカー少年の母親が、マニキュアをぬった長い爪でカウンターをカツカツたたきながらかん高い声をあげた。八歳の息子は少し離れたところに立ち、スポーツの本をぱらぱらとめくっていた。

「年齢にふさわしくないというだけです」

「言っておきますけどね、うちの息子はとにかく賢いの、読みたいと言うのならなんでも読めるんです」

「お母さま、この本のだいたい半分はレイプについてで、あとの半分は人殺しについてですよ」堪忍袋《かんにんぶくろ》の緒が切れたわたしは言った。

「何ですって？」母親は叫んで、汚いものであるかのように本をカウンターにたたきつけた。「いったいなぜ学校がそんな不潔なものを薦めるんですか？　それにどうしてここでそれを貸し出すの？　まったく、こんな公共施設にはもっとましな本を置いてほしいわ！」

まあこんな感じ。初日はひたすら長くさんざんだった。その後もそれほどましとはいえなかった。

このいまいましいミッションにわたしを送り込む前、母が与えた指示の中にはいくつか……妙なものもあった。それどころかあまりに変だったので、母が頭を打っていたか病院に確認したほどだった。だって明らかにおかしかったのだ。絶対そうにちがいなかった。

「毎晩戸締まりをしたら、図書館の地下室に行って。本を一冊選んでいってね、なんでもいいから。そうしたら椅子に座って、少なくとも三十分間朗読してちょうだい」

わたしは母の顔を見つめて目をぱちぱちさせたが、母は病院のベッドから怖いくらいの目で見返していた。「えっと……それを録音するとか、それか……？」

「いいえ、そんなのはいいから。ただ行って読んで」

「ママ、あそこには何もないわ」本当だった。地下室は古くて埃《ほこり》だらけで、むきだしのコンクリートの床と、どういう理由かずっと捨てられていない役立たずのガラクタでいっぱいだった。

「何があるとかないとかはどうでもいい。ただ言ったとおりにして。わかった？」

母がわたしにこれほどきつく言うことはあまりないので、わたしは了解し、大げさにメモを取ってみせた。母は表情をやわらげた。

「帰る前に必ず戸締まりをして。でも一つ明かりをつけておいて。受付カウンターのそばの明かりよ。もしおぼえていたら、キャンディも少し置いてね」母はわたしがどんな顔を向けていたか見たせいか、こう付け加えた。「ぜんぶ奇妙なお願いに聞こえるでしょうけど、わたしにはすごく大事なことなの。いい？」

母が完全に正気なのか、それとも頭を打ちすぎて、まともな考えを窓から投げ捨ててしまったのか、わたしにはどちらとも言いきれなかった。けれど母は、まるでそれがこの仕事でいちばん大事な部分だと言わんばかりにわたしを見ていたので、あきらめてうなずいた。

「わかった」

けれど実際に行動することは、口で言うよりずっと難しい。いちばんの理由は、本当はあの地下室に行くのが死ぬほど嫌《いや》だったからだ。

地下室に降りる初めての夜、わたしは自分の『嵐が丘』を持って――お気に入りの本の一つだ――階段を下りながら明かりをつけた。まともにつく明かりは一つしかなく、むきだしの電球が天井からぶら下がり、床にぼんやりとした円を照らし出していた。スポットライトの中に足を踏み入れるような気分で椅子に座った。椅子は母が置いたものだろう。

しんとした中で腰掛け、わたしはせきばらいをした。ここに一人でいるのは奇妙だった。とにかく嫌だった。でもこれが仕事だからと、携帯電話で三十分タイマーをかけ、わたしは朗読をはじめた。

最初は少し言葉につまり、声に出す途中で単語がごちゃまぜになったけれど、いったん調子をつかんでからはつっかえることもなく、じめじめした地下室にわたしの声がひびいた。不安を覚えた。そんなふうに自分が静寂を破っていることに。何かがおかしかった。喉《のど》の奥で脈が激しく打って、母の指示なんて無視すればよかったと思いはじめた。わたしはばかだ。こんなのばか。こんなばかなことをしているわたしはばかだ。ほんとにばか。

読み進めるうちに、誰かがわたしを見ているような気がしてきた。そう思うのも無理はなかった。わたしはこの気味の悪い古い地下室に一人きりで腰掛けている。なぐさめにもならない明かりが一つあるだけ。そんな孤独の中、自分の声だけがコンクリートの壁にはねかえる。誰かいるのではないかと震えあがるのも、まったくもって当然だった。当然であっても、気持ちのいいものではなかった。

携帯電話が息を吹き返し、三十分の終わりを告げるアラームを鳴りひびかせた瞬間、わたしは飛びあがって驚いた。ごくりとつばをのみ、腹の立つ機械をだまらせて階段を駆け上がったが、気をつけていないと、不意に何かがずるずると這《は》いでてきて、わたしの足を引っ張って連れ戻すような気がした。

地下室のドアを思いきり閉め、館内を走り抜け、できるだけ急いで後片づけをした。受付カウンターそばの明かりはつけておいた。昼休みに買っておいたキャンディバー（ちなみにミルキーウェイ）をカウンターに置いた。お供え物のようだった。震えが止まらなかった。

走って出入口を出てカギをかけ、かけ損ねていないか二度確認した。正直なところ、ドアにカギをかけてほっとした。わたしと地下室《そこ》のあいだに増えた防壁が救ってくれるように思えた……何かから。

やっと落ち着くまで十分はかかった。それから車に乗り込んで両親の家に向かった。図書館を任されている間、昔の自分の部屋を使えるようにしてもらっていた。父は母の付き添いでまだ病院から帰っておらず、家でも一人きりだった。その晩はお酒を飲んだ。父のボトルが並ぶキャビネットをこじあけ、目につくものを片っぱしから飲んでいった。くだらないコメディドラマにチャンネルを合わせてリビングに座り、家じゅうの明かりをつけ、毛布を鎧《よろい》のように体に巻き付けた。

こうして、間違いなく自分史上最悪の勤務初日が終わった。

最初の週はとにかく大変だった。

火曜日、読み聞かせの途中で子どもを一人泣かせた。水曜日、パソコンでポルノを見ようとした利用者を見つけた。木曜日、町に住む変質者が、わたしを狙って嫌がらせをしに来て、彼の「特大チンコ」をひっぱりだそうとしたので、警察を呼ぶと脅さなければならなかった。金曜日、雨が降って雨漏《あまも》りし、ゆうに一ダースの本がぬれて、買いなおすはめになった。

　ただ一つ楽になったのは、地下室だった。

　はじめ、なぜ母はこんな奇妙な儀式をするよう頼んだのか、見当もつかずとても混乱していた。まるで霊か何かを鎮めようとしているみたいに……そう考えた瞬間ピンときた。そう、わたしの母は幽霊を心から信じている。図書館は何かとついていない場所だった──ライトは勝手に切れる、パソコンはダウンする、ほかにあれもこれも──それで母は、図書館が幽霊にとりつかれていると信じはじめたにちがいない。本を読んで聞かせ、お供え物をすれば、すべてうまくいくと思ったのだろう。

　そう考えてからは、夜の儀式は実のところ……なんだか楽しくなってきた。わたしは母がずっとやりとりしてきた「幽霊」を、自分と同じくらいの若い女性だと想像するようになった。その子が好きそうな本（つまりはわたしが好きな本）を選び、心をこめて朗読した。たまに昼間、気づくと彼女に語りかけていることもあった。ついには、自分でも彼女は本当に存在するかもしれないと思いはじめた。

　ことの起こりはキャンディだった。母の要望どおり、わたしは姿の見えない霊に、お供え物としてちょっとしたおやつを買っていた。最初はチョコレートを置き、朝になると捨てていた。ところがある晩、スキットルズのソフトキャンディの袋を置いておくと、翌朝なくなっていた。館内をくまなく探しまわったけれど、キャンディはただ……消えていた。それ以降、わたしはいろいろな種類のお菓子を買い、そのつど何が起きるか見てみることにした。チョコレートはだいたい残っていたが、キャンディはほぼ確実になくなった。三週間ほどしてわたしは確信した。そう、幽霊はいる。好みだってわかりはじめている。

わたしはおそらく一連のできごとについて、少しお気楽すぎるのだろう。結局のところ、幽霊のおもてなしをするとかふざけあうとか、そんなことをしようと決心するのはめったにあることではない。もちろんおわかりだろうが、実際に幽霊を見たことは一度もない。きっといると想像しただけだ。わたしにとって、それはゲームのようなものだった――わたしがごっこ遊びを始めたら、誰かさんが付き合ってくれた、というような。ちょっと奇妙だったけど、楽しかった。

その何もかもが変わったのはある晩の閉館直後、油断というあやまちをしでかしたときだった。

この町の住民はみんな、木曜日は図書館が夜の八時に閉まると知っていた（そしてその日は木曜日だった）。もう八時半で、わたしは本を選んでいた――『若草物語』にしようと思ったところで入口のドアについたベルが鳴り、誰かが図書館に入ってくる音がした。

つまり、わたしはまだ戸締まりをしておらず、理由は……そう、必要ないと思っていた。おまえはばかだというみなさんの声、ちゃんと聞こえてますって。でも大目に見てほしい。しょせん小さな町だ。小さな町では何も起こったりしない。そうでしょう?

でも、それはまちがいだ。

書架のすき間から様子をうかがうと、この町に住んでいる変質者がこちらに歩いてくるのが見えた。にたにたと笑顔を大きく浮かべ、一瞬でわたしは身構えた。

簡単に男の様子を説明しておく。でかい――と言っても太ってはいない。ばかみたいに背が高く、サイズの合わない染みだらけの服からむきむきの筋肉がはみ出している。身だしなみという言葉は知らないらしく、髪はいつもべっとり脂ぎり、息はコウモリの洞窟かと思うほど臭かった。他人のパーソナルスペースに入り込み、いやらしい目つきで女性を見るくせがあった。恥も外聞もなく、なめまわすように全身を見る。反吐《へど》が出そうだった。

母はいつもこの男には気をつけるようにと警告していた――この男を仮にチャドと呼ぶ。とにかくチャドは相手が何歳だろうとどんな状況だろうと、動くものはなんでも犯そうとした。わたしが子どもの頃から町にいて、うちでおしゃべりしよう、ちょっとでいいから、いいものがあるからと、わたしも姉も自宅に連れ込もうとした。これまで何度か、未成年を誘い出そうとしたり、母すら口説こうとしたりして図書館からつまみ出されている。ずうずうしく人に触《さわ》りたがり、品性のかけらもなかった。

そしてこのとき、わたしはチャドと二人きりだった。

「まだ母ちゃんの代わりに働いてんだ、キャシー」近づく歩みをゆるめず、なれなれしくチャドが話しかけてきた。反射的にわたしは後ずさりし、バリアのように間に机を挟んだ。しかしそれでチャドが歩きにくくなるわけでもなかった。カバンから催涙ガスを取りだせるだろうか。

「知ってるくせに」すでにうっとうしく感じ、きつい口調で言った。「閉館後は入っちゃいけないこともわかっているでしょう。出ていって。今すぐ」

チャドがいやらしい笑顔を向けてきた。「おしゃべりしたいだけさ、スウィーティ。おれたち友達だろ?」

その言葉に胃の奥から吐き気を覚えた。カバンがないか、仕事していたあたりを見渡したが、今さらそこにないことを思い出した。まずい、車に忘れた!

「ちがう、友達じゃない。もし今出ていかないなら警察を呼ぶわ」

警察を呼ぶことが特に役に立つわけではなかった。チャドのような人間がこんな小さなコミュニティに存在している理由は、警察が完全なクズだからだ。それでもとりあえず携帯電話に手を伸ばした。する気のない脅しはしない。

予想どおり、うわべの笑顔がすっと消えた。脅しをかければとっとと立ち去るくらいの頭はあるだろうと期待していたが、完全に的外れだった。とりわけ目撃者がいない今。チャドが目の色を変えて怒鳴《どな》った。「このクソ女！」たちまちチャドは机の上に身を乗り出し、わたしは悲鳴をあげた。うしろによろめき、不器用に伸びてきた手をかろうじて逃れたが、チャドは股間の盛り上がりを見せつけてくる。わたしを隅に追い詰めて楽しんでいた。パニックにかられ、地下室に続く階段を駆け下りた。つまずいて最後の数段を踏み外し、コンクリートの床に手をついて倒れこんだ。転ぶと同時に腕に激痛が走った。ひねったか、もしかしたら折れたかもしれない。チャドが大きな音を立てて階段を下りてくるのが聞こえた。足が震えて体を起こせず、暗闇をめざして這った。

明かりの作る円からちょうど抜けだそうかというとき――明かりはチャドが階段を下りながらつけたのだろうか――手が飛び出てきてわたしの足首をつかんだ。力は異常なほど強かったが、体格を考えると驚くことではなかった。相当な力で締めつけるので、わたしの足首を本気で折ろうとしているのかと思った。わたしはもう一度叫び、チャドから離れようとしたけれど、それもむだだった。チャドはわたしを引き寄せながら、興奮して荒い息を吐いた。

「このくされ女、ずっとおれをばかにしやがって、そのあげくがこのザマだ……」チャドは低く言ってわたしに覆いかぶさり、床に押さえつけた。チャドはブラウスに手をかけて、ボタンに文句を言い、わたしは足をばたばたさせて叫び声をあげた。

そのとき、まさにそのとき、あの感覚を感じた。見られている。

今回は前よりもずっと強かった。あたりに大きな危険を――チャドではない危険を感じて、即座にわたしは凍りついた。地下室の気温が十度は下がり、わたしに覆いかぶさるチャドの腐ったような息が白くなるのが見えた。チャドの手が最後のボタンを外し、ブラジャーにかかっていたにもかかわらず、本能的にわたしは思いきり目を凝《こ》らして大きな図体の向こうの暗闇の中を見つめた。

いた、暗闇の中だ――何かが動いている。

暗闇が液体になったような何かが、もぞもぞと身をよじらせていた。喉の奥で息がつまり、チャドの手が体をまさぐるのもほとんど感じられなかった。その気配を感じたときは声を失ったが、液状の闇がこちらに向かってくると、わたしの喉からは喘《あえ》ぐような変な音が出はじめていた。

チャドは大丈夫かとも、どうしたとも聞かなかった。気づいてもいなかったのだろう。わたしのズボンを脱がすのに夢中だった。

チャドにはそれが見えなかった。でもわたしには見えた。

だから見えなかったのだ。見るからに巨大で、長くてひょろっとした四本の脚で進んできた。歩き方以外はクモのようだった。体をひきずるような動きからすると相当重たいのだろう。足の先は鋭くとがって槍《やり》のようだった。

叫び声が出なかった。そうしたかったけど、できなかった。

これからわたしをレイプする男（なんとなく、まだわたしの服をはぎ取れていないことはわかった）の下になったまま、その黒いものの前脚が一本さっと飛び出すのを見た。さっきはあまりに重たげにゆっくり向かってきたので、速く動けないのだろうと思っていたが、どうも間違いだったようだ。わたしが瞬《まばた》きする間にその脚はチャドの胸を貫き、わたしに血しぶきを浴びせたからだ。

吐き気がこみあげた。

チャドが心底混乱した表情で目を見開いた。まるで自分を刺したのがわたしだと思っているかのように。実際のところ、わたしだってチャドと同じくらいおどろいた。とりわけその脚がチャドの体を内側から引き裂き、手や内臓をバラバラにしはじめたときには。すさまじい恐怖にわたしは後ずさりし、うしろにあった箱にぶつかった。

その獣《けもの》は、まだもがいているチャドの体を自分の巨体のほうに引き寄せ、それから脚を抜いた。どうにかこうにか、四本の脚で自分の体を持ち上げた。腹部が見えた。たぶん腹部だろうというあたりが。毛のかたまりが割れ、ぎざぎざで黄色くて少し反《そ》り返って並ぶたくさんの牙《きば》が出てきた。開いた口はわたしの胴体より大きく、チャドの上にそれが覆いかぶさっていった。

その歯がチャドに何をしたか、よく見えなくてよかった——わたしの視界は大部分を黒い毛のかたまりで遮られていたから。でも血が見えた。床に広がり、獣をべっとり濡《ぬ》らす赤い色を見たとき、何が起こっているかはほぼ想像がついた。思ったよりチャドの悲鳴が続いたのを覚えている気がする。

やがて獣は食べ終えた。骨がパキパキ折れる、吐き気をもよおすような音はやみ、獣はもう一度床の上に体をおろした。

その脚が体をひきずり、わたしに向かって這いはじめた。

たった今チャドの身に起きたことを思い、涙が頰《ほお》を伝った。どんな死に方をしたいかちゃんと考えたことはなかったけれど、これではない。苦痛としか感じられないゆっくりしたペースで獣が向かってくる光景に、わたしの体はひどく震え、背後の箱がカタカタと音を立てた。

わたしの目の前でそれは止まった。思わず必死にそれの目を探したが見当たらなかった。

わたしのにおいをかいでいるのだろうかと、恐怖の時間が過ぎた。

そのとき、驚くような、信じられないようなことが起きた。

獣が体を少し持ち上げ、袋を吐き出した。

スキットルズの袋。

わたしも獣もしばらく動かなかった。黒い生物はわたしが動けるのを待ち、わたしも自分が動けるのを待った。やっと、わたしは手を伸ばす勇気をかき集め、袋を拾いあげた。するとすぐに獣は向きを変え、重たそうな体をひきずり、もといた隅へ戻っていった。わたしはずいぶんそこに座り込んだまま、袋と、獣が床に残した血だまりを交互に見ていた。眼球や歯が散らばっていた。それらをぼんやり見つめ、考え込んだ。

ようやくわたしは立ちあがった。

震える脚で階段を上がり、ヤングアダルトコーナーに行き、書架から『若草物語』を引っ張り出した。地下室に戻り、チャドとの格闘で倒れた椅子をもとに戻した。そこに腰掛け、そして自分でもおどろくほど落ち着いた声で朗読をはじめた。

母が病院の許可をもらって仕事に戻ったのは、それから二週間ほどしてからだった。

「許可をもらって」という言葉は適切でないかもしれない。母は医者に仕事復帰の同意を求めて詰めより、許可してくれなければ先生の自宅を探して寝首をかきます、と言ったのだ。ほぼそういう趣旨のことを。何と言うか、わたしの家の女たちは怖いでしょ？

母が普通の生活に戻れるまで、もう数週間残ることにした。母はわたしをじろじろと見た。あれを知っているか探ったのだろう。知っていると母は踏んでいたのだろうけれど。

ある晩、閉館作業をしていると母がたずねた。「チャドに何かあったのかしら。いつも必ず一日一回は来るのに、わたしが戻ってからぜんぜん姿を見ないの」

わたしは肩をすくめ、例の……事件のあとをきれいに掃除した地下室でのことを考えた。

「さあ知らない、町を出ていったんじゃない？」

「そうみたいね」わたしをじっと見ながら母は言った。

少しの沈黙のあと、母が続けた。「今夜は朗読したい？　それともわたしがする？」

母が知りたかったすべてを語る笑顔でわたしは答えた。「今夜はわたしがしようかな。『若草物語』も最後まで読まなくちゃ」

共犯者を見つけたことを悟り、母は微笑んだ。

そろそろ本業に戻らないといけないけど、図書館をやめるのが少し惜しくなっている。新しい友達ができるなんて、そうめったにないのだから！

（曽根田愛子訳）

スピリット・ボックスから聞こえる声

マイケル・マークス

Voices In The Spirit Box
Michael Marks

マイケル・マークスは「這いずる深紅」（p.11 ～）に続き、2度目の登場。

十七歳のとき、母さんが殺された。でもこれは母さんについての話じゃない。その犯人はまだ刑務所にいる。ちがうんだ。この物語はそのあとに起こったことだ。

母さんの葬式から一年くらいたった頃、父さんがこんなことを言いはじめた。夜になると母さんが会いにくる。まっしろな光につつまれて輝き、やさしい笑顔を浮かべて、父さんに手をさしだすって。母さんは最後に会ったときのままで、命を絶たれたその夜、買い物に向かったときの姿だったって。

姉のリリーと僕は母さんに会いたくてたまらなかったから、それがほんとうだって信じたかった。母さんに会うために、思いつくありとあらゆることを試した。でも父さんしか会えない。僕たちはただ、母さんにさようならを言いたかった。

ウィジャボード（コックリさんのようなもの。アルファベット、数字、「はい」、「いいえ」、「さようなら」が書かれたボードを使う）、スピリット・ボックス、自動筆記、心霊術に霊媒。ぜんぶ試してみたけど、どれもこれもなぐさめにもならなかった。

三カ月もつづけた頃、父さんがはじめて意識を失って倒れた。ストレスがたまっただけだと言い張ったけど、姉と僕にはそうじゃないとわかっていた。父さんはもの忘れがひどくなって、とつぜん昔の思い出を語りだし、ひどい偏頭痛に悩まされるようになった。病院に行ってやっとその原因がわかった。脳腫瘍だった。しかも腫瘍は手術ができない場所にあった。

医師の説明では、それがいろんな症状の原因らしい。死んだ母さんの姿が見えるのもそのせいだって。僕とリリーは母さんにさようならを言うのをあきらめ、そのかわり一生懸命に父さんの看病をした。

その頃、僕はもうすぐ十九歳になるところで、リリーは二十二歳だった。父さんの看病をするため、リリーは実家にもどってきた。治療を受けたけど、父さんはそれから六カ月しか生きられなかった。それでも医師の宣告より三カ月もがんばった。ついに父さんが息をひきとったとき、リリーと僕は立ち直れなかった。その夜のことをいまでもはっきりと思い出す。僕たちはこの世にふたりきりで、父さんも母さんも死んでしまった。もっとつらかったのは、死後の世界はあると証明するべく必死でがんばったけど、何も見つけられなかったことだった。

父さんの最期の言葉は母さんのことだった。

「母さんがいっしょに来てほしいと呼んでいる。ああ、なんてきれいなんだ……。とってもきれいだ」

僕の伝えたい物語は、およそこの一年後からはじまる。そのとき僕はやっと両親の家を出る決心をして、長年つきあっている彼女といっしょに住もうとしていた。

「アレックス！」姉のリリーが一階から大声で呼んでいる。リリーは数カ月前に実家から彼氏と住む家にもどっていたけど、両親のものを片づけ、売ったり寄付したりする手伝いにきてくれていた。「ねえ、この食器ぜんぶどうする？」

僕は段ボールだらけの部屋から顔を出して叫んだ。

「寄付！」

「えー、何？」

僕はため息をつき、一階に向かっていきおいよく階段をおりた。最後の五段をひとっとびにして、廊下に着地する。リリーがキッチンの入り口からさっきの質問をくりかえした。

「ねえ、この食器ぜんぶどうする？」

「寄付って言っただろう。耳をきれいに掃除しろよ。僕に姉さんの声はちゃんと聞こえたよ」

「このわたしに、耳をきれいに掃除しろって? めちゃくちゃ笑える」姉が体を半回転させキッチンにひっこみながら言う。「ほんとうに全部いらないのね?」

「いらない。食器にかんしては、カーラがぜんぶ準備したから」リリーのあとを追ってキッチンに入る。リリーが皿をじっと見つめている。ニワトリのつま先に二本のトウモロコシが描かれたベージュ色の皿を、僕たちはいつも夕食のときに使っていた。僕の前にはいつもその皿があった。

「わたしは一枚もらっていくね」

リリーの目が涙でうるむ。その気持ちがよくわかる。思いを断ち切れないのは、いつだってこういう小さなものなんだ。僕はほほえみながら姉のそばに行き、肩に手をおく。

「そうだね。僕のもとっておいて」

リリーが顔を上げて僕を見つめ、ほほえんだ。

いきなり、僕たちの顔のあいだを何かがすごい速さでひゅっと風を切って通り抜けた。そして少し離れた壁にかかった母さんのネコ型時計の真下に衝突した。姉が手にした皿をあやうく落としそうになりながら飛びのき、悲鳴をあげた。さっきまで家族の思い出にひたっていたのに、いきなりそこから引きもどされ、びっくりして心臓が猛スピードで打っているような気がする。

「いったい何なのよ！」リリーが叫び、持っていた皿をテーブルにおき、何かがぶつかった壁のほうへ向かう。

リリーはかがみ、その姿が一瞬テーブルクロスのかげに隠れ、割れた皿の破片を手に立ちあがった。わけがわからないという顔をしている。僕の顔もまったく同じだったと思う。家の中にいるのは僕たちふたりだけで、ほかに皿を投げる人なんていない。リリーが手にした陶器の破片に描かれた絵は、トウモロコシをまたごうと持ちあげられたニワトリの足。僕たちの皿とまさに同じセットのものだ。

「変な冗談はやめろよ」そう言って、食器のつまった棚をちらっと見てリリーに向きなおる。リリーが肩をすくめ、「わたしだってわけわかんない」という顔をする。そのときだ。長年聞きなれた時計のチクタクという音がしないことに気がついた。リリーのうしろの壁を見あげると、揺れて秒をきざむネコのしっぽと眼の動きもとまっていた。

ネコの眼はまっすぐに僕を見つめている。

思わずみぶるいした僕は、キッチンの床にちらばる皿の破片を拾うリリーを手伝おうとそばに駆け寄った。

皿のことがあって、これまで必死で母さんと話そうしてきたことを思い出した。あのときは、超常現象的なことはこれっぽっちも起きなかったっていうのに、いまは僕らの目の前で説明のつかないことが起こっている。僕らはすぐに、母さんと話すための試みを再開した。

この出来事があって、父さんが死ぬ前に母さんと話していたのは幻覚だったという医者の説明も疑わしくなってきた。僕たちはさみしくてたまらなかったから、もう一度父さんと母さんと話せるかもしれないというささやかな希望にとびついた。いまふりかえってみると、そんな希望をもつのは諸刃《もろは》の剣《つるぎ》だってわかる。僕と姉は、それぞれの恋人に何をするつもりか話した。ウィジャボードとスピリット・ボックスをもう一度試したいと。カーラは受けいれてくれたし、実のところちょっとわくわくしているようだった。リリーは恋人のデイヴィッドにわかってもらえなくて苦労し、「首根っこつかんでひっぱってくる」と言った。でも、結局デイヴィッドも折れていっしょに来てくれた。何ひとつ信じていないとしても、姉のためについてきてくれたんだと思う。

二日後の夜には、僕たち四人は両親の家に集まった。みんなはしゃいでいた。どんなことが待ち受けているのかなんて想像もしていなかった。もしわかっていたなら、その場から立ち去り、思い返したりはしなかった。

「みんな、準備はいい？」リリーがたずねた。その指はとっくにボードの上のプランシェット（霊の回答による文字を指し示すための三角形の器具）におかれている。

カーラが僕を見つめた。緑の瞳がろうそくのかぼそい炎に照らされて黒っぽく見える。僕にウインクをして、リリーの隣に指をのせた。僕もプランシェットに指をのせる。やめたほうがいいと思うけどという顔つきのデイヴィッドのほうはなるべく見ないようにした。デイヴィッドは交霊術で示されたアルファベットを書きとる役をしぶしぶ引き受けてくれた。

前にやったように、リリーがプランシェットを、8を横にした無限記号のかたちに動かす。はじめてのときと同じようにドキドキした。リリーも熱い思いでいるのがその顔つきからわかる。

「どうすればいいの？」カーラがボードの上に身をかがめたままささやく。

「質問するの」リリーが、聖なるエネルギーと交信しようとするかのように背筋をまっすぐのばしている。何をするにしてもいつも芝居がかった感じでやりすぎるんだ。

「いまここに、どなたかいらしてますか」僕が口火を切った。

僕らはみんな息をつめてボードを見つめた。指に何か動きを感じるんじゃないかと期待しながら。すると、いきなり無限記号をなぞる動きがとまった。プランシェットがゆっくりとボードの左上に向かい、「はい」という文字の上でとまる。

「ねえ……わざとやっているんじゃないよね。わたし何も動かしてないよ」カーラがまた僕を見ているのが、目のはしでわかった。僕はぼうぜんとしていた。何度も何度もやったけど、こんなのははじめてだ。

「わざと動かしてなんかない」

「ほかのことを訊《き》いて！」リリーの声は少なくとも二オクターブは高くなって、気がおかしくなったみたいにほほえみを浮かべている。子どもの頃のクリスマスの朝とまったく同じ顔だ。ずっとほしかったものを見つけ、ついに手に入れたよろこびに満ちている。

「名前を教えてください」単刀直入にたずねた。真実が明らかになる瞬間だ。

すぐさまプランシェットがボードの上をあちこち動きはじめ、僕は心の底から驚いた。プランシェットが短く動きをとめるたび、示された文字を読みあげる。デイヴィッドがそれを書きとめる。

とうさんだよ

「父さん……だよ」これまでの冷めた態度とはうってかわった声でデイヴィッドが読みあげる。

リリーの両手がプランシェットから離れ、ぱっと口をおおう。リリーの目に涙があふれてくる。カーラとデイヴィッドが口をぽかんと開けている。僕もきっと同じ顔だったと思う。

「リリー、手をもどせ」そういう僕の声は弱々しい。僕の中から空気がしぼりだされてなくなってしまったみたいに。「はやく手をもどせってば」

僕に言われてリリーの両手が下に降りた。笑顔を隠していたんだ。

「父さん、ほんとうに父さんなの？」笑いと涙がまじりあい、声をつまらせながらリリーがたずねた。

そうだよ

すぐに答えが返ってきた。

「会いたかった。母さんも父さんもいなくなって、ほんとうにつらかったんだから」

とうさんたちもあいたかった

「どうなってるの!」カーラがこらえきれなくなって叫んだ。父さんが「とうさんたち」と言ったから思わず僕は笑顔になった。

「父さん!」よろこびをおさえきれない。「母さんもそこにいるの?」

そうだよ

リリーはいまや嬉《うれ》しさのあまりむせび泣き、デイヴィッドの肩に顔をうずめている。デイヴィッドはメモ帳をじっと見下ろして何度も文字を読み返している。姉に気づいてもいない。目にしたことに驚愕《きょうがく》しているのか、それとも僕たちの哀れなまでのとりつかれようにおののいているのかわからない。デイヴィッドは疑り深い性格だから。

「父さん。母さんとも話せる?」会話をつづけたかった。

ごめん

僕は顔をしかめた。

「ごめんって、何が？」これは父さん？　それとも母さん？

かあさんはさむすぎて
はなせない

デイヴィッドが最後の文章を読みあげると、リリーの笑顔が消え、部屋の空気が重くなった。何もたずねていないのにプランシェットが動きつづける。

つめたい
さみしい
あいたい
あいたい
とうさんを
たすけてくれ
たのむ

最後の文字のあとプランシェットが僕らの手から抜け出て、ほんの一瞬だけ「さようなら」の上でとまり、あの朝の皿とほぼ同じ速さで飛んで壁にぶつかった。

僕は縮みあがってボードからとびのいた。リリーがデイヴィッドの腕の中で号泣《ごうきゅう》している。でもデイヴィッドはこんな異様なものは見たことがないという顔で目がボードに釘《くぎ》づけになっている。僕の手に触《ふ》れるカーラの指が震えている。その目には恐怖が浮かんでいた。

「いったい何だったの」カーラが立ちあがる。「こんなことになるなんて。大丈夫？」カーラが僕を抱きしめてくれる。そのときはじめて、僕の頬《ほお》を涙がつたっていることに気づいた。母が殺されてから泣けなくなっていた。あの日に僕の中の何かが壊れてしまったんだと思う。父さんが死んだときも泣かなかった。でもいま、この瞬間についに涙が流れた。

そのあとも一晩中、両親と話そうとしたけれど、プランシェットは二度と動かなかった。両親と話すことができれば気持ちがすっきりして、折り合いをつけられるんじゃないかと期待していたけど、実際はその逆で、僕たちはうちのめされた。とくにリリーがいちばんひどかった。リリーはほぼ毎日、何時間も居間にすわって、何か声が聞こえはしないかと、スピリット・ボックスのノイズに必死に耳を傾けた。

数週間が過ぎ、リリーはどんどん無口になり、外に出なくなった。自分の殻に閉じこもり、誰とも話そうとしなくなった。ウィジャボードでの父さんとの会話は僕にとっても忘れられないものだったけれど、リリーにいたっては執着しすぎておかしくなった。僕は両親ともう一度話すことへの興味を徐々に失い、代わりに姉の精神状態を気にするようになった。

そしてある夜、僕は、ウィジャボードよりもさらに鮮明で、さらに身の毛もよだつ悪夢の中へと入りこんだ。

電話のベルがなって、出てみるとデイヴィッドのわめき声が聞こえた。

「アレックス！　リリーがいま出ていった！」

「出ていった？　どういうこと？」デイヴィッドはパニックを起こしていて、僕は目をこすって眠気《ねむけ》をふりはらい、意識をはっきりさせた。

「アレックス、リリーは君に伝えていたよりもずっとひどい状態だったんだ。もうまったく眠らなくなって。キッチンにすわってあのいまいましいラジオみたいな小さい機械にずっと耳を傾けていた」

「スピリット・ボックスのこと？」

「そうだ。あんなものに！　両親がずっと話しかけてくるって言うんだ。信じたかったけど、一晩中いっしょに聞いても、僕には何ひとつ聞こえなかった」

「なんてことだ」

「アレックス。僕はリリーに起きていることが怖い。今夜もリリーはそれに聞きいって、返事をしていた。その声で目が覚めたんだ。何を言っていたのかは聞きとれなかったけど、リリーは泣いていた。それからドアの鍵を開け、ドアを閉めて出ていく音が聞こえた」

「両親と暮らしていた家に行ったんだ」

まちがいない。僕はそう直感した。何が起こっているのか完全にはわからなかったけれど、とてつもなく悪いことが姉の身に起こっているのは確かだった。何年もずっと悲しみをおさえこんできたところに、ウィジャボードにあんな言葉を告げられ、姉は受けとめられなかった。そして、たがが外れた。

「アレックスもそう思うか？　僕もそう考えたんだ。鍵を持っているんだろう。向こうで落ち合おう。リリーを助けないと」

僕は電話に向かって大きく息をついた。デイヴィッドが正しい。リリーは決して僕らを許してくれないだろうけど、専門的な治療を受けさせなければ。リリーをどこかに入院させるという決断はあまりに重くて、胸が苦しい。起きてきたカーラに目をやる。不安の影を顔に刻み、警戒するように窓から外を眺めている。

「わかった。着替えるよ。四十五分くらいで着けると思う。まず僕にリリーと話をさせて」

「たすかるよ、アレックス。僕はもう出る。うちのほうがだいぶ近いから、君も来るってリリーに言っておくよ」

電話を切り、話の内容をカーラに伝えた。家で待っていてほしい、そのほうが安全だと説得しようとしたけれど、カーラは僕といっしょに行くと言ってゆずらなかった。僕がどんなに頼んでも、カーラはとめられるものならとめてみろと言いはった。十分後にやっとふたりで車に乗り、両親の家に向かった。

カーラとの言い合いで時間をくって、両親の家に着くまで一時間以上かかった。家の前にリリーとデイヴィッドの車がそれぞれ停まっている。僕らは道路に車を停め、玄関に向かった。

玄関ドアへの階段をのぼりながら、家に電気がついていないことに気がついた。ドアは少しだけ開いている。僕は大きく息を吸いこんでから、ドアを大きく開けた。ドアがきしむ。その向こうは完全な暗闇だった。人を迎える玄関というよりも、まったくの虚無がそこにあった。この家はこんなに暗かっただろうか。目が闇に慣れるまでのあいだ、何か音が聞こえないかと懸命に耳をこらした。スピリット・ボックスのかすかなノイズと、周波数がすばやく切り替わる音だけが聞こえる。意を決し、家に足を踏み入れ廊下を進んだ。手をつないだカーラが僕のうしろからつづく。「リリー！」僕は叫んだが、その声はかぼそく震えていて、強烈な恐怖がにじんでいる。自分の実家なのに、どうしてこんなに怖くてたまらないんだろう。でもその恐怖は僕から決して離れようとしなかった。

壁を手探りでつたいながら進み、廊下の角をまがって、ほのかに明るい居間にたどりついた。何かが青く鈍い光を放ち、リリーがその光の前にすわっている。床にあぐらをかいていて、その前にスピリット・ボックスがある。リリーは両肩のあいだに頭をたれ、顔をブロンドの髪で完全におおっている。「リリー？」僕はささやいた。カーラの手をぎゅっと握ってからはなし、姉へと歩みよる。半分ほど進んだところでカーラが唐突に電灯のスイッチを入れ——悲鳴をあげた。

まぶしくて目がくらみ、カーラの叫び声で何が何だかわからなくなった。そしてだんだん目が慣れてきた。

何度かまばたきをした。僕の前にリリーがいた。リリーはスピリット・ボックスの前にすわったままだ。手首からひじまで両腕が切り裂かれている。周りは血の海だった。デイヴィッドは隣に横たわっていた。胸と首、顔を何百回と刺されて。たぶんデイヴィッドだと思う。死体はめちゃくちゃで、誰だかわからなかった。

カーラが廊下を走って玄関から飛び出したのが音でわかった。ひどいショック状態の中で僕はかろうじて意識を保ち、冷静に部屋を見まわした。そして半狂乱になった。壁中に血で文字が書かれている。父さんのあの言葉がいくつもいくつも書かれていた。

とうさんだ

あいたい

きてくれ

はっと我に返り、ふらふらとリリーに近寄った。すべての神様に祈った。どうか、どうか姉を助けてください。どうか、姉が生きていますように。息も絶え絶えに祈りながら、ぐったりとした姉の身体を血の海から救い出し、救急車を呼んでくれとカーラに向かって叫んだ。

リリーの肌は冷たく、命のぬくもりを失っていた。僕は顔をリリーの顔に押しつけ、どうか目を覚ましてくれと頼んだ。もう聞こえていないその耳にささやきつづけた。僕は泣いた。スピリット・ボックスのかすかなノイズがその苦しみの伴奏となった。永遠と思える時間が過ぎ、カーラがもどってきても、僕はそれに気づかなかった。ふと顔を上げると、カーラは居間の入り口で救急隊員と話しながら僕と姉を見つめていた。僕は姉の体を抱きかかえ、前へうしろへと揺すった。カーラの顔には嫌悪と同情がともに浮かんでいる。カーラには聞こえないんだ。スピリット・ボックスから流れる声が。

「アレックス、母さんよ……こっちにおいで」

かすかな声だったけれど、確かに母さんだ。まちがうはずがない。

一年後、警察がやっと姉の持ち物を返してくれた。僕はスピリット・ボックスを家に持ち帰った。カーラには伝えていない。カーラは姉がディヴィッドを殺して自殺したあの夜目にしたものからまだ完全には立ち直っていない。メディアはあの事件を「両親の相次ぐ死という悲劇が彼女を狂気へと駆り立てた」と報じた。カーラと僕もそのとおりだと思った。でも夜遅く、カーラが眠ったあと、僕はベッドを抜け出し、足音を殺して居間へと向かう。積み重ねた本のうしろからスピリット・ボックスをひっぱりだし、電源を入れる。ほんの何秒かだけ。ノイズに混じって周波数を変えながら聞こえる音に一心に耳を澄ます。

僕の家族の声に耳を澄ます。

ときどき、みんなの声が聞こえる。

ほんの何秒か、父さんと母さんとリリーの声が聞こえる。こっちにおいで、あいしている、さみしい、あいたい、さむい、いっしょにきてと言う。リリーが、こっちにくるのは簡単だ、カーラといっしょにきて、と言う。

みんなといっしょなら、しあわせになれるから、と言う。

でも、みんなの声のうしろに何か聞こえる。ときどきその陰から漏《も》れでる何か。リリーはそれを無視したのか、あるいは、意識から完全にしめだしたにちがいない。

両親と姉のやさしい呼びかけと必死の懇願のうしろで、何かが笑っている。邪悪な、人ではない、何かが。

（山藤奈穂子訳）

ハドリー・タウンシップに黄昏が迫るとき

T・W・グリム

When Dusk Falls On Hadley Township
T. W. Grim

T・W・グリムはReddit/NoSleep でtheworldisgrimの名前で活躍している作家。オンタリオ州南西部在住。著書 *99 Brief Scenes from the End of the World*（世界の終わりの99のシーン、未邦訳）でも、地球外文明との交信や人間をチェスの駒として扱う世界を描いている。

ハドリー・タウンシップの夕陽は、一年のどの時期だろうと、たいてい絵のように美しい――この意見に反論する人がいるとは思えない。夕陽の光景をじかに見たことがあるならなおさらだ。とはいえ、この地域の住民のほとんどは、夕陽は夏のあいだが一番美しいと言ってゆずらない。七月半ばのハドリー・タウンシップは世界屈指の美しい場所で、夕方の空のピンクがかった金色がしだいに濃くなり、黄昏《たそがれ》の暗い深紅へ変わる頃など、エデンの園《その》と見まがうばかりだ。まもなく八月のうだるような日差しの下で、芝生がじりじりと焼かれ、やがて枯れてゆく。だが今のところ、夏の恵みで芝生は青々としており、草地は濃く生い茂っている。

この町の自然の美しさはさておき、ハドリーはもともと荒野のわびしい一画にあり、人口二千人にも満たない田舎の町だ。観光客をひきつけるものも、主要な市街地もなく、あるのは森林と農地、そして高く広がる青空くらいのものだ。町境の内側には集落が点在しているものの、その大半は通りが広くなった部分を囲む家の集まりにすぎない。住民はガソリンスタンドに雑貨店、小さな銀行だってあると吹聴《ふいちょう》するかもしれないが、三つすべてはそろっていない。

ハドリー・タウンシップを知る者は、この町は祝福されていると言う。みごとな夕陽をながめたあとでは、この意見に反論するのは難しいだろう。だが、祝福はときに呪いにもなりうる。

ほかならぬこの夕方、ロジャー・モスリーは外に出て乗用芝刈り機で芝を刈っている。農場に住んでいるかぎり果てしなく続く仕事だ。彼は影が長くなってきたのに気づく。もう芝刈りを終える時間だ。納屋に芝刈り機を置くと、周辺を歩きまわって娘を探す。まだ夕方の比較的早い時間ではあったが、子どもは家の中に入る時間だ。ふだんなら、そのまま遅くまで残ってホタルを追わせてもかまわないのだが、今夜はそうはいかない。

今夜は、黄昏が迫る前に全員屋内にいなければならない。

ロジャーは生まれてこの方この農場に住んでおり、その静かで質素な暮らしをありがたく思っている。農場はうまくいっており、ずっと利益を出してきた。この土地のささやかな繁栄は十世代前にさかのぼる。ハドリー・タウンシップでは、家族のルーツが深く根づいている。農民の多くは、二百年以上前に先祖が斧《おの》で切り開いた畑を今も耕しており、ロジャーも例外ではない。ハドリーの男として生まれ、ハドリーの男として死んでいくのだろう。

ロジャーはトウモロコシ畑の端で娘のセイディと犬のルーファスを見つける。傾きかけた日差しの中、蝶《ちょう》を追いかける彼らの顔には瓜《うり》二つの笑みが広がっている。少女も犬も、刈りたての芝で緑色に染まっている。ロジャーは彼らを家に連れて行き、中に入れると妻のケイティにあとを任せる。彼女の苛立《いらだ》ちには辛抱強くちょっと肩をすくめて答える。ケイティはひざまずいて娘と犬の目の高さに合わせると、叱《しか》るまねをした。ふくよかな腰にしっかりと両手をあてるが、笑みがいまにもあふれ出し、顔いっぱいに広がりそうだ。セイディとルーファスは絨毯《じゅうたん》に目を落として、足を所在なさげに動かしながら、ふくれっ面の反抗的な様子で母親の小言に耐えている。

「すぐに戻るよ」ロジャーは言う。「煙草を吸ってくる」ケイティはセイディの汗ばんでくしゃくしゃになった頭越しに夫に向かって小さくうなずく。ふたりの間で視線が交わされる。

「あまり遅くならないでね」ケイティは夫に向かってそっと言う。「今夜はあの夜だから」

ロジャーは家の周りを歩きながら、ふぞろいな芝生に眉をひそめ、手巻き煙草にマッチで火をつける。芝の断面がかなりでこぼこしている。芝刈り機の刃がなまってきたにちがいない。前庭に立って、空の西半分が柔らかな金色に輝き、明るい青がゆっくりと琥珀《こはく》色とバラ色に変わっていくのを眺める。ずいぶん長いあいだ空を見上げて、じっと動かず緊張しているうちに、手巻き煙草が徐々に燃え、指の間で忘れられた灰の塔になる。

自宅の前庭にたたずむロジャー・モスリーはひとまず置いておき、われわれは郡道二二号線を西に進み、沈みゆく夕陽を追うことにしよう。果てしなく続く広大なトウモロコシ畑を通り過ぎる。サラサラと音を立てるトウモロコシは、どれも二メートルをゆうに超える高さだ。ハドリー・タウンシップの土壌が並外れて肥沃なのは、郡の誰もが知っている。仮にハドリーの男が自分の農場を外部の人間に売るとしたら、相場よりかなり高く売れることだろう……だがそんなことは起こりそうもない。二百年以上ものあいだ、タウンシップの町境の内側の土地が売りに出されたことは一度もない。この界隈《かいわい》はどこもかしこもモスリー、ヴァンドーレン、ボーデン、そしてウィアーという名字だらけだ。その名字は町じゅうの郵便ポストや道路標識を飾っているだけでなく、公立学校、橋、自然保護区、さらには十箇所あまりの異なる小さな集落にまで見られる。ゴミ捨て場やゴミ集積所にまで、この町で最も古い血筋である四つの旧家の印がついている。ハドリー・タウンシップの歴史的パッチワークにはすべてこの四家の名前が縫いつけられており、過去二世紀のあいだにこの四つの家系のいずれにも所有されなかった土地はほとんどない。入り組んだ家系図や、同じくらい複雑な土地の権利争いによって、ハドリーは非常に結束の固い辺土となったが、それこそが人びとの思惑《おもわく》どおりなのだ。ここの人びとは自分のことは自分でする。よそ者を拒まないが、決して心からは歓迎しない。

ハドリーは並外れて美しい場所だが、秘密を抱えた場所でもある。

広大なトウモロコシ畑は郡道二二号線とウィアー通りが交わる角で終わる。そこからは、二二号線の両側五キロにわたって広がる土地があり、いくつもの広い私有地に分割されている。その大部分は住宅になっているが、地元住民が家族で経営する中小企業もいくつか見られる。ハドリーの住人のすべてが農家というわけではない。小規模だが繁盛《はんじょう》している事業もあり、ペットの美容室やろうそくメーカーから自動車修理工や機械工場まで、多岐にわたる。どれもそれなりに成功している。

さてここで、ブライアン・コールドウェルに登場してもらおう。造園資材を卸している小さな店のオーナーで、経営者でもあり、〈コールドウェル造園用品店〉という想像力に欠けるとしか言いようのない名の店をひとりで営んでいる。目下、造園シーズンたけなわだが、ブライアンはその日早々に、仕入れ先に残らず電話して、未処理の注文を取り消した。それからドアの看板を「営業中」から「営業終了」へと裏返し、電気を消して、ショールームの床の真ん中に座った。陽が傾き、影が骸骨のような腕を東へ伸ばすいまも、彼はまだそこに座り、薄暗がりの中で前のめりの姿勢でぐったりとしている。

ブライアン・コールドウェルは正気を失っているが、ハドリー・タウンシップでは珍しいことではない。むしろ、よくあることだ。

この地域の人びとがそれぞれ秘密を抱えていることは確かなのだが、このタウンシップには、その古いしきたりに気づいていない者も多い。ブライアンもそのひとりだ。父親のリック・コールドウェルはそのしきたりを嫌というほど知っていたが、細心の注意を払って、この小さな町の本性にまつわるある事実を息子たちに知られないようにしてきた。それでも、ハドリーは不穏な霊魂のなごりのようなものがいつまでも漂っているような場所だと言える。そのなごりが心の奥底をかきむしり、かすかで不快な潜在意識のむずがゆさが、長くて暑い八月にはとくに人びとを苛立たせ、一月に急激に気温が下がるとどうしようもないほど意地悪くさせる。不幸にも、精神へのこの地味な攻撃に生まれつき敏感な者もいて、ブライアン・コールドウェルは運悪くそういう人物なのだ。

ブライアンはこの数週間で、月というのは本当のところ、こちらを凝視する古《いにしえ》の獣《けもの》の眼だと固く信じるようになっていた。宇宙の彼方にある荒涼とした空間に住む、邪悪な存在の眼だと。その獣は毎晩、嫉妬の眼でわれわれの世界を観察し、われわれが破滅するのを待ち望んでいるとブライアンは思いこんでいる。彼の妄想は、頭の片隅につきまとうちょっとした考えから始まった。最初は静かなささやきが途切れることなく続いていたのが、やがて急速に膨れ上がり、すべてを包み込むような妄想となり、四六時中、いっときたりともブライアンの頭から離れなくなった。

ブライアンの精神状態が不安定になっていることや、その妄想の性質について、気づいている者はいない。最初は、人から頭がおかしいと思われたくなくて、誰にも言わないようにしていた……けれども、これまではなかった奇妙な確信が芽生え、毒針が心の奥底まで食いこむと、ブライアンは友人や顧客が本当はあの邪悪な眼の手下で、陽が沈むと自分を見張り、見聞きしたことを夜の支配者に報告する諜報員《ちょうほういん》なのではないかと恐れるようになった。ブライアンは新たに気づいたことを絶対に周りの人たちに知られないようにしなくてはと心に決めた。彼は口数が減っただけでなく用心深くなり、疑い続けるという重圧でかすんだ目をすがめ、血走った目で世間をにらみつけるようになった。

ブライアンはこの百時間近く眠っていない。眠るのは至難の業《わざ》だ。最近、例の眼は彼の家の屋根を見透《みす》かす能力を身に着け、夜になるとあの忌《い》まわしいまなざしが自分の震える身体じゅうを這《は》いまわり、彼の存在そのものを渇望しているのが感じとれる。夜明けは一時的な安堵《あんど》をもたらすが、例の眼は地平線の向こうに潜んだまま、太陽が沈んでいったあと天空が冷え、暗黒になるのを待ち構えている。じっとして、すきあらば立ち上がってブライアンの魂を憎らしげににらみつけるチャンスをうかがっているのだ。

ブライアン・コールドウェルは、爆発を待つばかりの時限爆弾と化し、今朝ついに、決定的な爆発の瞬間が訪れた。キッチンのテーブルにつき、東側の窓から差し込む陽光をぼんやりとながめていたとき、ブライアンはふいに、妻こそが実はあの獣のスパイだと悟った。それにティーンエイジャーの娘も。その啓示が山積みの煉瓦《れんが》が崩れるように彼を直撃すると、耳障《みみざわ》りな、口笛のような小さな喘《あえ》ぎ声をもらして、その青白い顔を悲しみと怒りでしわくちゃにした。妻と娘が最初からずっとそうだったなんて。なんてことだ、よりによって血を分けた家族が。

「え？　何か言った？」洗っている皿から顔を上げずに妻のエミーが訊《たず》ねた。ブライアンは妻の背中をじっと見つめながら、テーブルの上で、コーヒーマグの両脇に置いたこぶしを握り締めた。裏切り者の悪魔女から視線を引きはがすと、靄《もや》のかかった朝の日差しの奥底を再びのぞいて目を細めた。もちろん、ふたりは例の眼に仕えていた。ずっと仕えてきたのだ。どうして長い間このことに気がつかなかったのだろう？

ブライアンはテーブルから立ち上がると、流し台に立つエミーの背後に忍び寄り、憎しみで引きつった口を大きく開けて歯をむき出した。折りたたみ式の〈バックナイフ〉を取り出し、刃を出した。

ことがすむと、エミーの頭をキッチン・カウンターに置き、できるだけそっと、音を立てないように慎重に死体をまたいだ。忍び足で二階へ行くと、娘のメアリー・ベスに飛びかかった。娘は学校に遅れないよう急いで準備をしていて、バスルームの鏡の前で眉を整えようとぎりぎりまで躍起《やっき》になっていた。メアリー・ベスは本物の悪魔よろしく、金切り声をあげながら爪で引っ掻《か》いて応戦した。父親の最初の攻撃をどうにかかわすと、脇を素早くすり抜けて逃げ出し、髪をなびかせてシャツの背中に血のバラを咲かせながら廊下を駆け抜けた。ブライアンは慌てて追いかけた。目は飛び出し、顔には血のにじんだ深いひっかき傷が縦横に交差している。彼はニヤニヤ笑って叫び、狂犬のように唸《うな》っていた。

「バレないとでも思ったか？　ええ？　そうなのか？」

ブライアンは階段のてっぺんで娘につかみかかると、廊下に押し倒した。頭のわきを絨毯におしつけると、娘は泣き声をあげた。「やめて、パパ、お願い！　こんなことしないで！」ブライアンは怪物と化した娘の策略に耳を貸さず、その首にナイフを突き立てると、柄《つか》まで埋《うず》めた。その刃がメアリー・ベスの二個の頸椎《けいつい》の間に差し込まれ、脊髄《せきずい》を切断した。押さえつけていた娘が急に手足をバタつかせるのをやめると、ブライアンはとりわけ固いレアのステーキ肉を切り分けるときと変わらない感情で娘の喉《のど》を切り裂き、こともなげに始末した。ぞっとする仕事だったが、こうするしかなかった。これでいいんだとブライアンにはわかっていた。キッチンで日光がそう教えてくれたからだ。日光は、東の窓から差しこむと、空中に舞う塵《ちり》の粒でリノリウムの上に映し出した模様で、彼に語りかけた。陽光は金色。陽光は救済。ブライアンにはこれこそが真実だとわかっていた。

なにもかもが、心底からの安堵に包まれていた。何週間も恐怖と混乱のただなかにいたが、とうとうすべてがはっきりした。おれはずっと正しかったのだ。

闇は獣の眼の味方であり、陽光は決して嘘《うそ》をつかない。

ショールームの冷たいコンクリートの床に膝を抱えて座っているブライアンはさておき、われわれは旅を続けることにする。太陽はすでに地平線に届きかけ、天は赤と金の太い線に塗られている。さて、ウィアー通りに引き返して北へ向かうとしよう。まもなく道の右側に、大豆畑とトウモロコシ畑の間にこぢんまりと建てられた、古い教会が見えてくる。無宗派の礼拝所で、〈友好の夜明けの教会〉という名で通っている。日曜の午前中にはたいてい(それと、水曜の夜、つまり週に一度匿名アルコール依存者の会が催される晩には)、ジョナソン(ジョン)・ボーデン牧師を目にすることができる。ジョン牧師は今、教会の奥の小さな執務室の机に向かって、聖書の一節を通読し、罫《けい》紙がたくさんはさまったバインダーに走り書きをしている。牧師が使っている聖書は見た目が独特だ。大判で、五キロはあろうかという堂々たる大冊で、色褪《あ》せた革の装丁が施されている。おそらく木版印刷機で印刷されたものだろう。この教会で二百年以上にわたって使われてきた聖書で、〈友好の夜明けの教会〉の牧師たち、つまりハドリー・タウンシップの住民の精神の求めに応じることに人生を捧《ささ》げてきた地元の男性以外誰にも触《ふ》れられたことはない。

その聖書に使われているアルファベットの起源はラテン語の約三千年前に遡《さかのぼ》り、世界のその他の地域では遠い昔に滅びた言語で記されている。ジョン牧師がその一見奇妙なルーン文字を教わるようになったのはまだ少年のときで、毎日放課後に気難しいウィル老牧師の指導を受けていた。彼はジョン牧師より先に教会の長となっていた。ウィル牧師は若きジョナソンに聖書に書かれている文の裏にある深遠な意味をどう読み解くかを教え、説教を通じて他の信徒たちに神の御言葉《みことば》をどう伝えるかを示した。

だが、若いころのジョンが人格形成期に授けられた最も大事な教訓は、常に主の御言葉に従うということだった。いついかなるときも、疑問を投げかけることもなく、ためらいを感じることもなく。ウィル牧師はよく言ったものだった。「主は情け深く、愛に満ちておられるから、われわれの小さな町に豊穣《ほうじょう》と幸運を授けてくださっている。だが、主は同時に容赦《ようしゃ》のない神でもある。そのことをゆめゆめ忘れるでないぞ、ジョナソン。絶対にな」

神を讃《たた》え、聖書にくわしく書かれているように神の要求を満たすことが人間の務めなのだと、ウィル牧師は毎日のようにジョナソンに念を押した。また彼は陰気な表情でこう警告した。主の御心《みこころ》に背く者にはやがて災いが、想像を絶する災いと苦痛が降りかかるだろうと。

ジョン牧師は目下、次の礼拝の説教を書くのに苦心している。次のテーマである「解放」は、彼にとって非常に皮肉な意味合いを持つ。解放というテーマについてはずいぶん学んでいる。とはいえ、人が想像するような「解放」とは違うが。ジョン・ボーデンは、教会の長であるという人生の重責（そしてそれ以上に深刻な影響）から、個人的に解放されたいと切望している。西側の窓から差し込む淡い光を浴びて机に向かい、目を閉じて想像する。もしまったく自由で、何者にも縛られず何の重責も負うことのない身として生まれていたなら、どんな人生だったのだろうかと。いつでも自分の好きなように自由に歩き回り、考え、感じるというのは。

牧師は両手で顔をこすり、瞬《まばた》きをすると覚え書きに目を落とす。それから想像をめぐらす。バインダーに綴《と》じられた書類に火をつけて松明《たいまつ》として使い、呪わしい教会全体に炎が広がるところを。

彼は忍び笑いをして、苦々しく唇をゆがめる。そんなことをするつもりはない。絶対に。

彼は自らの血筋のせいで囚《とら》われている。ジョン牧師には、解放などない。人生の最期の日まで教会に仕えるのだ。別の選択など、考えるのも恐ろしい。

ハドリー・タウンシップを見守る神は容赦がない。主の御心には従わなければならない。

さて、われわれには日が暮れる前にまだもうひとつ寄る場所があるので、教会をあとにしてウィアー通りを北上しよう。すると、原生林が広がる一画に出る。地元民たちが〈モスリーの森〉と呼ぶ広大な荒れ地だ。右折してブラックモア通りに乗る。見るからにひどい、通りとは名ばかりの材木運搬用の砂利道だ。ハドリーの住民の多くは、深い穴と柔らかく崩れやすい路肩がひどすぎて、安全に通行できないと言って疫病のように避けている。車をブラックモア通りに乗り入れようものなら、うっかりすると、車の前輪連結棒が破損したり、ホイール・アライメントがいかれてしまいかねない。

こんな具合に、まったくひどい道路なのだが、住民たちが本当に避けたいのは道路のくぼみではなく、〈モスリーの森〉だ。鬱蒼《うっそう》として広大で、人を寄せつけない。迷子になった人もいれば、跡形もなく消えてしまった人もいるという。

ブラックモアの北西に続く曲がりくねった小道をたどり、森の中を進むとしよう。地上はすでに暗くなってきたが、頭上では、弱まりつつある日光の中で、梢《こずえ》が夏の豊かに実った小麦のように照り輝いている。黄昏が迫りつつある。

左側に樺《かば》の木とラズベリーの茂みから垣間見える、舗装されていない小道が現れる。どこに目をやればいいかわからないと、あっさり見逃してしまいそうだ。小道は車一台分ほどの幅しかなく、ブラックモア通りよりも状態が悪く、長年の路面凍結や冠水、浸食によってひどい溝ができている。その道をたどって森へ進むと、この狭いでこぼこ道がまぎれもなく誰かの家に続く道であることがわかる。その誰かとはカート・ウィアーという、気難しくて感じの悪い、年老いた世捨て人だ。ちょうど昼下がりの泥酔状態から目を覚ましたところで、少し気分が悪いのだが、小便をするひまはなく、ズキズキと痛む頭に愚痴《ぐち》をこぼす。老人にはやるべき仕事があるのだ。

カートは七十四歳、ひょろっとした案山子《かかし》のようにみすぼらしい男で、片目を失明しており、同じ側の耳もほとんど聞こえない。怪我を負ったのは一九八七年の秋のことだった。漏《も》れやすい密造酒蒸留器のすぐそばに立っていて、それが爆発したせいだ。カート爺《じい》さんは半世紀近く前に建てたおんぼろの掘っ立て小屋に今も住んでいる。錆《さ》びたアルミの羽目板を屋根に打ちつけた、タール紙でできた小屋だ。古いシボレーのトラックを数台所有しているが、どれもが、彼の前庭とおぼしきでこぼこ道に置かれたコンクリートブロックの上で朽《く》ち果てつつある。また、ちょっとした鉄くずマニアでもあり、大量の錆びた鉄筋や鉄骨、真鍮《しんちゅう》のドアノブやその他の金属の残骸がつまった箱に囲まれている。彼の土地は、ぎざぎざした金属やふぞろいのがれきの山でできた危険な場所になっている。

カートはずいぶん長いあいだ、人里離れた小さな掘っ立て小屋で隠とん生活を送っており、若い世代ではその存在すら知らない者も多い。古くからの住人（で、それだけ昔のことをおぼえているほど頭のしっかりしている連中）なら、カート爺さんが一九六七年、若き妻が自動車事故で悲劇的な死を遂げたわずか数カ月後に、ロジャー・モスリー・シニアからおよそ三ヘクタールの植林地をただ同然で買い取ったことを話してくれるかもしれない。ナンシー・ウィアーは日曜のある朝早くに車の運転を誤り、ハドリーとエルビンの境界から五キロと離れていない二二号線沿いの電柱に衝突した。妻のオールズモビルが道を外れて電柱に突っこんだとき、少なくとも時速百キロ近く出ていた。葬儀は棺《ひつぎ》を閉じた状態で行われた。

古くからの住人たちが話そうとしないのは、ナンシーの死後、警察による簡単な調査が行われたことだ。検視官はナンシーの遺体の損傷の多くが自動車の死亡事故によるものと一致しないことを見つけた。オールズモビルのブレーキラインの状態にも疑問がいくつか残った。ほどなくして、バートン郡の殺人課の刑事がカート・ウィアーのところにやってきた。ショーン・オコンネルという無表情なアイルランド系だ。オコンネルの遠回しな追及に対し、カートの答えは言葉少なで、用意周到だった。被疑者から自白を引き出せないことに業《ごう》を煮やした刑事は、ウィアーと近しい隣人たちに聞き取りを試みた。調査は、むっつりとした敵意ある沈黙の煉瓦壁に直面した。確実な証拠を固められなかったため、オコンネルは結局、あきらめるよう圧力をかけられた。ナンシーの死は事故と判定された。

この件についての郡の公式な立場をよそに、オコンネル刑事は決して調査をやめなかった。ナンシー・ウィアーは殺され、おそらく死んでからオールズモビルの運転席に置かれたのだ。先端の尖《とが》った、曲がった道具で体を引き裂かれ、切り開かれ、ずたずたに切り刻まれたのだ。オコンネルは、凶器は食肉を吊《つ》り下げるフックだと考えた。捜索令状が取れていれば、そんな道具を、カートが義理のおじのギルバート・ヴァンドーレンから借りていた農場内の家屋のどこかに隠しているのが見つかったにちがいない。

最初、カートの動機は保険金だろうと刑事は考えたが、しばらくすると、ナンシーの殺害はもっと大きな、もっと邪悪な陰謀の一部ではないかと疑うようになった。オコンネルには事情聴取を試みた人びとの目にそうした陰謀が見えた。彼らは皆、危険な秘密を守ることに慣れきっている人の、閉鎖的でうつろな目をしていた。あれこれ調べまわると、ハドリー・タウンシップの町長が、都会の有能な法廷弁護士を雇うために、依頼料を自腹で払っていたことがわかった。タウンシップの町長はなぜ、公式に罪に問われてもいない人物のために弁護士を雇ったのだろうか。ましてカート・ウィアーのような男のために？　ウィアーは低所得者層の白人で、アルコール依存症で、万年失業中のろくでなしだった。そういう男に、あのようなお偉方の友人がいたとはとても考えられない。さらに、頭のぼんやりしたカートが、自分ひとりで「事故」をでっちあげることができたというのも疑わしい。誰かが手助けしたのだ。でも誰が、いったい何のために？

オコンネル刑事はこうした疑問に答えるべく、五年ものあいだ、重度の心臓発作で職場で死亡する直前まで調べ続けた。同僚たちは、オコンネルが机に向かって背筋を伸ばして座り、眼窩《がんか》からは目が飛び出し、絶叫するように口を開けて死んでいるところを発見した。彼の前には、ハドリー・タウンシップの前年の人口調査書の写しが一枚握られていた。彼の前手には帳面が開かれたまま置かれていて、そのページには「血でつながった」という走り書きがあり、筆圧が強すぎるあまり、ペン先で紙が破れてしまっていた。

カートは重い足取りで、小屋の裏手にあるおんぼろの囲いで飼っている数匹の羊とヤギに餌《えさ》をやりに行く。まだ卵を食べられた頃には、めんどりとおんどりも数羽飼っていたが、最近は栄養ドリンク、オートミール、それにウィスキーで命をもちこたえており、鶏小屋は空っぽだった。

家畜を飼っているのは肉や乳のためではない。もっと崇高《すうこう》な役目を果たすためだ。

カートは鼻を鳴らしながら押し合いへし合い餌をむさぼる家畜どもを見つめ、雌ヤギの中から適当に一匹を選ぶ。黄昏の中へ差し出さなければならない家畜の数と種類は、たいてい数日前の晩の夢で告げられる。今夜は、ヤギ一匹だ。一匹だけいる雄ヤギはずっと生贄《いけにえ》を免れてきた――カートはそのみすぼらしいちびすけにはケチな愛情めいたものを育んできたため、黄昏の中に差し出すのは忍びない。彼はしばらく前に、この気性の荒い生き物に囲いの中でオート麦を食べさせたり、近寄ってくるほかの生き物を追い払ったりして、残りの日々を好きにすごさせることにした。その雄ヤギのふるまいを見ていると、カートは自分のようだと思う。思わず親しみをこめて「カート・ジュニア」と名付けたほどに。

カート・ジュニアは、ずいぶん久しぶりにカートがわざわざ名前をつけた動物だ。家畜内の順位はしょっちゅう変わるので、どれがどれだかいちいち気にかけていられない。ジミー・ヴァンドーレンのまぬけな息子ドギーが、毎月のように父親の家畜用トラックに乗ってガタガタとブラックモア通りをやってきては、新しい動物を必要に応じて売りに出す。カートは常にヤギ三匹と羊三匹は手元に残すようにしている。不意をつかれて数が足りなかったりしたら最悪だと、自身の経験から知っている。じつに最悪だ。しっぺ返しが来るからだ。

カート・ウィアーは七番目の息子で、その父もまた七番目の息子で、その血筋は十世代以上にわたって受け継がれてきた。カートは夢を見て、動物を森の中へ連れていき、つらい運命にさらす。これが彼の受け継いだ義務で、大きな犠牲を払っている。

家畜は安全な囲いから離れることをひどく怖がる。いつもと違う、変わったごちそうにつられないかぎり、ゲートに近づこうとしない。カートは、踏み固められた庭の土からタンポポを一束もぎ取って左右に振りながら、小声で歌って雌ヤギをおびき出す。「こっちへおいで、きれいな黄色いものをあげるよ、ヤギちゃん！　小さくておいしい、きれいな黄色いのだよ！　さあ、おいで」雌ヤギが用心深くそっと少しだけ近づくと、カートはさっとゲートを開ける。彼は人懐っこい笑顔のつもりで、淡褐色のトウモロコシのようなまばらな歯をむき出しにすると、片手にタンポポ、もう片方には結んで輪縄にしたロープを持ち、雌ヤギに向かってチュッチュッとキスのような音を立てる。

「そうだ、出ておいで、きれいな黄色いのをあげるよ。いい子だね」

ヤギは門口を超えるのにしりごみする。頭を下げてメーと鳴き、老人がつかまえようとすれば逃げようと体をこわばらせている。カートがタンポポを食べるまねをしはじめ、舌鼓を打ってタンポポがどれほどおいしいか感嘆の声をあげると、とうとう好奇心が怖れを上回ったヤギは優美にそっと歩いて囲いから出る。

小さなヤギが上下に揺れるタンポポの頭を食べようと首を伸ばしたら、カートはその首に輪縄を放り投げて、慣れた手つきで手首をひょいと動かしてきつく締める。ヤギは混乱したように甲高い声をあげ、後ずさりしようとするが、カートはパニック状態のヤギを引き倒し、ゴム長靴で地面に押さえつけ、輪縄で首を絞《し》める。哀れな生き物を窒息させると、やがてヤギのもがきが弱まっていき、しだいに何度か後ろ足をぴくぴくと痙攣《けいれん》させるだけになる。そしてロープの張りが緩む。気絶しているか、死にかけている動物を差し出すつもりは断じてなかった——太陽が地平線に沈むとき、動物は生きていて意識がなければならなかった。それがきまりで、そのきまりをわざと破るなど思いもよらない。

カートはヤギに蘇生する時間を数分与え、調子はずれの口笛を吹きながらじっと宙を見据えて待つ。喘いでいる小さな雌ヤギが自分の足で立てるくらい持ち直したら、引っ張ってまっすぐ立たせ、森の中へと導いてゆく。相変わらず調子はずれの曲を口笛で吹きながら。そのメロディーからJ・フランク・ウィルソン&ザ・キャヴァリアーズの〈ラスト《最後の》・キス《キス》〉という曲だとわかる。カートとナンシーが結婚式で最初に踊った曲だ。〈ブルー・ムーン〉のはずだったが、その晩雇ったレコード担当の老紳士がうっかり違うレコードをかけたのだ——カートはどちらかというとダンス・バンドの王道をいくガイ・ロンバード寄りだったので、違いがあまりわからなかった。カートとナンシーはそのハプニングを笑い飛ばし、〈レギオン・イン・ポールズ・ミルズ〉の地下で一緒に体を揺らした。カメラに笑顔を向けると、招待客たちははやし立てたり拍手をしたり、折りたたみ式テーブルを拳でたたいたりした。人びとの好意的な反応に気を良くした老紳士は、その小さな四十五回転のレコードをその夜何度も繰り返しかけ、その曲がかかるたびに、美しい若妻は、カートの目にますます魅力的に映った。

　カートはヤギを聖なる丘へ連れて行く。この道のりは、満月のたびに長くなっていくようだ。カートが雌ヤギを小さな丘の頂上に深く埋まった柱につないで置き去りにすると、夕闇が迫るなか、雌ヤギは彼の後ろからメーメーと物悲しげな鳴き声をあげる。若かった頃には、神に捧げた動物たちに対して、ある種の悲しみを感じたものだった。だが今では何とも思わない。あらゆるつらい感情は、自分自身と亡《な》くなった最愛の人の色褪せた思い出のためだけにとってある。一九六七年の霧のたちこめる雨の夜、〈善良なる神〉によって奪われた最愛の人の。

　神は容赦がなく、そして執念深い。カートは経験から、それが真実であることを知っている。彼は七番目の息子の七番目の息子で、その任務は残酷なものだ――だが仕事に失敗したときのしっぺ返しは、それ以上にひどい。

　カートは重い足取りで傾いた小屋へ戻りながら、悲しげな調べを口笛で吹き続けている。さて、彼のことは酒瓶とその内なる悪魔に任せよう。太陽が地平線の下に滑り込んだ。ハドリー・タウンシップは夕闇に包まれ、月は満ちて膨らみ、頭上の夜空を支配している。月は邪悪な眼にそっくりだ。冷たいまいましい笑みを浮かべてこの世界を上からにらみつける、死んで白く濁った眼に。

ハドリー・タウンシップの住民はみな家に閉じこもり、カーテンを閉めている。早いうちからベッドに潜り込み、不安な気持ちで眠りが訪れるのを待ちながら、心地よい夜明けを待ち望む。彼らのもろい殻を覆いつくす恐ろしい闇を追い払ってくれる夜明けを。

遠くでヤギが鳴き声をあげる。一時間が過ぎ、さらにもう一時間が過ぎる……そのとき頭上で空を切るような力強い羽ばたきが聞こえてくる。硫黄《いおう》と腐敗の悪臭が鼻腔を襲う。ヤギは再び激しく鳴き叫び、首にかけられた輪縄から逃れようともがくが、縄はいっそう首に食いこみ、恐怖のあまりパニックに陥る。

月はつかのま、長い蛇のような形に覆い隠される。ほんの一瞬、巨大なコウモリの翼と大きく開けたあごのようなものが見えたかと思うと、ヤギが悲鳴をあげる。

突然悲鳴がやむ。翼の羽ばたきが再び夜の静けさを破り、すべてが静まりかえる。

神の御心は満たされた。ハドリー・タウンシップの人びとは、これからも夜明けを快く受け入れながら生きていくことだろう。

（岡田ウェンディ訳）

無名の死

アーロン・ショットウェル

They Die Nameless
Aaron Shotwell

アーロン・ショットウェルは“The Owl”や“Blackout at Third and Main”などのクリーピーパスタで知られている。コロラド州出身。聖書やＳＦ的なテーマを織り交ぜた作品が得意。

わたしの名は、アダ……ム……ジェイ……ズ。

わたしの名は、アダ……ジェイ……ム……ズ。

わたしの名は、……ダム……エイム……。

もう十二時間以上、こうやって書いている。自分のことを忘れないために。だが、何度書いても、名前のどこかがかすれてしまう。そのうち、記憶までかすれてくるんじゃないだろうか。今はとにかく、この日記が誰かの手に渡ることだけを願っている。誰の手でもかまわない。それが誰であっても、どうかわたしのことを覚えていてほしい。

一九六四年六月五日

大学に入る前から、古代エジプトのとりこだった。神々が誕生し歴代王朝が興ったこの文明揺籃《ようらん》の地は、人が手なずけることのできない砂漠だった。そのせいで、文明の始まりの物語は、数千年にわたってひっそりと墓に埋もれ忘れられていた。だから、王家の谷が発見されると、多くの謎に答えがもたらされただけでなく、さらなる謎が生じることもあった。新発見や意外な事実がいくつも出てきて、その魅力に引かれたわたしは、もう何年も前のことだが、歴史学者として生きる道を選んだ。歴史を研究することもさることながら、意外な事実を解明することがわたしにとってこの上ない喜びなのだ。

そういうわけで、今日はわたしの学者人生にとって重要な日である。これまで、研究に用いるのはもっぱら二次資料だった。お察しのとおり、原典や遺物は実際に手にすることが難しいこともあるからだ。ところが、大きな幸運が巡ってきて、寛大な個人収集家が、直近の研究テーマである貴重な遺物を寄贈してくれたのだ。残念ながら、その人物はプライバシーを守るため、名前をいっさい公にしたくないという。だから、ここで紹介はできないが、心から感謝していることは記しておく。

目下のわたしの研究テーマは、第十八王朝末期とアクエンアテンの家系、そして彼が従来の神々を排斥するという物議をかもす改革を行ったことだ。第十八王朝は、アクエンアテンの息子ツタンカーメンの死によって終焉《しゅうえん》を迎えたと一般には考えられている。ところが、この少年王の棺《ひつぎ》が安置された玄室の副葬品は別のことを示している。その棺の傍《かたわ》らには、二体の未熟児が葬《ほうむ》られており、別々に棺に納められているのだ。一体は七カ月で死産し、もう一体は五ヵ月で死産したと見られる。二体の身元と死産した原因はまだわかっていない。

その匿名の後援者は、二つの棺そのものを送ってくれるという。こちらの希望を伝えると、サウサンプトン大学のわたしの研究室に届けてくれることになった。棺を調べることで、諸々の謎に対する決定的な答えとなる重要な手がかりが見つかるといいのだが。月末までには届くだろうが、早く調べたくてたまらない。

一九六四年六月二十九日

今朝、梱包《こんぽう》された棺が届いた。指示しておいたように警備員のいるデスクではなく、わたしの研究室の扉の前に、かなり不用心な状態で見張りもつけずに放置されていた。梱包も、値段がつけられないほど貴重な遺物にふさわしい頑丈なものとは言いがたかった。運送業者には、近いうちにこちらの懸念を伝えるつもりだ。

だが、梱包はともかくとして、棺のほうは二つとも文句なしで、じつにみごとだった。後援者は、棺を元の状態のまま保管していたのだ。心配していたように埃《ほこり》だらけの倉庫で保管していたわけではないのは、一目瞭然だった。二つの小さな棺には金色と黒色の装飾《そうしょく》が施され、どちらにもロシアの入れ子人形《マトリョーシカ》のように、一回り小さな棺が入っていた。その中に、干からびて縮んだ遺体が納められていたのだろう。棺はもろくなり破損しているだろうと予想していたが、長い歳月に耐え、驚くほど原形を留《とど》めている。

残念ながら、遺体のほうは調べようがない。二体は別の施設で厳重に保管され、ごく限られた人しか触《ふ》れられない。当然そうあるべきだが。ともあれ、棺だけであっても、わたしの研究に重要な転機をもたらしてくれそうだ。さっそく調査に取りかかろう。

一九六四年七月十日

棺が届いてすでに一週間余りが過ぎたが、答えよりも謎のほうが増えている。届く前に見ていた写真には、身元を示す明白な手がかりは写っていなかったので、もっと詳しく調べれば何か見つかるのではないかと思っていた。ところが、実際に調べても何の手がかりも得られなかった。名前が書かれていないのは言うまでもない。通称も書かれていなければ、祈りの文句も、魔除《まよ》けのシンボルもない。当時の慣習として記すはずの、死んだ子どもたちに関する記述が何一つないのだ。

子どもたちは防腐処置を施され、王族としての様式で埋葬されてはいるものの、身元を示す手がかりはまるでないので、謎は依然謎のままである。今言えるとしたら、ツタンカーメンの棺のすぐ近くで見つかっているので、死産だったツタンカーメンの娘だろうと推測できることぐらいだ。だが、裏付けに乏しいそんな仮説では、この娘たちの死を巡る状況を解明する手がかりにはならない。
　この二人の身分がきわめて高かったのは間違いない。どちらも、歴代の王と比べて遜色がないほど丁重に葬られている。だとしたら、二人が名前もつけられずに葬られているのはなぜだろう。そんなことがなぜ許されたのだろう。そうできなかったわけでも、うっかりそうしたわけでもない。その点は断言できる。むしろ意図的に記さなかったのだ。なんと研究者泣かせなことか。

一九六四年七月二十三日
　焦燥《しょうそう》がピークに達したとき、思いがけない発見があった。正直言って驚きだった。最初にそれに気づいたのがわたしだということも、少なくともそれについて最初に言及するのがわたしだということも。内側の棺の蓋裏の、足のあたりの縁の粘土に、見えるか見えないかのかすかな切り込みがあったのだ。
　圧力がかかってできたひび割れとして見逃しかねない切り込みだったので、わたしもひび割れとして片づけかけた。だが、卓上ライトの向きを調整したときに目に入った。切り込みの奥の何かが、明かりを反射してかすかに光ったのだ。針とピンセットで探ったところ、小さくしっかり巻かれたパピルス紙が出てきた。もちろん、粘土製の棺ほど古いものではなかったが、歳月を経た重なり部分は薄くもろくなっていた。破損しないように開くのは、繊細で神経を使う作業だったものの、おおかたうまくいった。ただ、最後の重なりがやたらにぴったりくっついている。おそらく何らかの意図があるのだろう。インクはかなり薄れていたものの、開いた部分に次のように書かれているのがわかった。

この児らをその名とともに葬り、地中に、忘却の彼方に封じん。この児らの名は……

最後の重なりに隠れているのは、間違いなく、もし二人が生きていたら呼ばれたであろう名だ。損傷する危険はあるが、かみそりの刃と非腐食性の溶液を慎重に使えば、この最後の重なりも開くことができるだろう。だが、細心の注意を払わねば。なにしろ、謎を解く鍵になる公算がきわめて高いのだ。古代エジプト史上重要な意味をもつこの時代を解明する決定的な証拠文書になるはずだ。

一九六四年七月二十四日

昨夜見たものをどう説明したものか悩み、少し前から、この真っ白なページを見つめている。どう説明したところで笑いぐさになるだろうから、言い訳を考えていたのだ。寝不足のせいかもしれないし、ストレスが溜《た》まっていたせいかもしれない。あるいは、病気になって発熱したせいで幻覚を見たのかもしれない。それで説明がつくとは思えないが、他に説明のしようがないのだ。それに、どう言い訳したところで、恐怖に肌があわ立っていることは隠しようがない。

最後の重なりは、ほとんど緊張することもなく、思いのほかあっさり開き、今わたしが説明に窮しているものが現れた。目の前の象形文字は解読できたし、その意味も、それぞれの用法も解読できた。発音の仕方もわかる。ところが、目の前に並ぶその組み合わせは、何のことやらさっぱり意味をなさなかった。深い霧の中にいるも同然で、目を逸《そ》らしたとたん、意味をなすはずの文字の形まで覚束《おぼつか》なくなる始末だ。

目の前の文字を紙に書き留《と》めようともしてみたが、無理だと悟った。文字を構成する線は見えているのに、写そうとすると手が動かないのだ。まるで、書かれている文字が、その名前が、書き写されるのを拒んでいるかのようだった。

この最後の重なりを開いたとき、間違いなく一陣の冷たい風が吹き抜けるのを感じた。身の毛がよだ耳元で言葉にならないささやきが聞こえ、自分が呼ばれているのを感じた。

つ感覚だった。だから、それをなんとか振り払おうとしている。二人の名には、何か忌《い》むべきことが絡んでいるのではないだろうか。何か禍々《まがまが》しいことが。わたしはいったいどんな災いを呼び覚ましてしまったのだろう。

一九六四年八月十二日

わたしは研究を辞めた。棺があれほど恐ろしくなければ、後援者に送り返すところだ。同じ部屋にいるのも、デスクに置いてあるのが離れた位置から目に入るのも、耐えがたかった。あのパピルスはどこにも見当たらなかったので、その点は安堵《あんど》できた。あの文字は、二度と見る気にならない。いま一度見ただけで、間違いなく一生わたしに取り憑《つ》くだろう。梱包を解いたあの晩からずっと、恐ろしく凄惨《せいさん》な幻影に苛《さいな》まれてきた。この世のものとは思えないおぞましい幻影だ。

あの研究室には、二度と足を踏み入れる気はない。身の毛がよだつあの棺があるかぎりは。今夜のうちに、町を離れるつもりだ。行き先は決めていないが、ここを離れる以外に手はない。この町に留まることはできない。もう取り憑かれているからだ。

昨夜、ジャッカル神に会った。

その神から邪神のことを教えられた。

一九六四年十月十八日

今、わたしは逃げている。故郷の町でも特定の場所でもなく、遠く離れた場所へと。居場所を変え続けるしかない。さもないと、また見つかってしまう。あの二人の幼女に。銀の冠を頭に戴《いただ》き、二人は暗闇からじっと見ているのだ。わたしがどこに行こうと二人に見つかり、見つかると二人の足元で、スカラベみたいにかさかさと暗闇が音を立てる。いつも決まって風に乗って砂の匂いがしてくると、二人がわたしの前に姿を見せるのだ。二人は自分たちが獅子《しし》の怒り、セクメト神の裁きを下すと告げる。二人が口にする自分たちの名は、わたしには理解することも我慢することもできない音で、生きている者の出せる音ではない。わたしは逃げるしかない。二人の名はわたしには拷問《ごうもん》だ。

一九六四年十二月六日

ラー以前に神はいない。ラーを信じる者のように、アテンも同じ運命をたどるのだ。

今日、再び大学にやって来た。もしかしたら、死者をなだめることができるかもしれない。どうにか二人の名をあの切り込みに戻せれば、この世に生を受けることができなかった二人はわたしを放っておいてくれるかもしれない。戻ってきたわたしは、よそ者だった。同僚たちは、わたしの名を忘れていた。旧友たちは、わたしの顔を忘れていた。そして、わたしの研究室は、わたしの悪夢の元凶であるあの研究室は、存在してもいなかった。元の場所にあったのは、右隣りと左隣りの部屋を仕切る壁くらいのもので、黄色く塗られた壁は建物と同じく古びていた。

もうそこは避難所とはなりえない。逃げ続けよう。だが、もう疲れ果ててきた。あの獅子女が、わたしが抵抗しなくなるのを待っているのだ。

一九六五年五月三十日

どうにかこうにか数カ月が過ぎた。以前の暮らしは少しずつはぎ取られていった。もう住む家はない。車の中で寝泊まりし、生きるために盗みをしている。もう誰もわたしには気づかない。わたしが目に入ってもすぐさま忘れてしまう。わたしが助けを求めて叫んでも誰も聞いてくれないし、わたしの声も聞こえていないんじゃないかと思うことがある。廃人同然に町を徘徊《はいかい》している。歩くというより足を引きずっているが、行き交う人はわたしのことなど見向きもしない。両親はもはやわたしのことなど知らず、最初から息子はいないものと思っている。わたしは亡霊《ぼうれい》になったのだ。行き場を失った根無し草だ。

二日前、車が壊れた。別の車を探す時間はない。留まっている時間はない。わたしは徒歩で逃げた。眠るのは、意識を失って倒れた場所でだけ。寝ている間に二人に見つからないことを祈り、倒れ込んだ場所で目覚めると、なんと幸運なことかと感謝する。だが、日が昇る寸前の暗闇で、二人がわたしを待ち受けているのをつねに感じる。

今夜は下水トンネルに身を隠したが、ここが最後の寝床《ねどこ》になりそうだ。疲れきっていて立つこともままならない。もう一歩も進めない。裁きを待とう。

一九六五年五月三十一日

とうとう日が沈み、アテン神の目がわたしに届かなくなり、二人にも届かなくなった。埋葬されたときの装束に身を包んだ少年王が、わたしのところにやって来て、コブラのようなしゅうしゅういう音で話しかけた。わたしに自分の二人の娘の名を告げた。すると、その名の意味がわかった。アテンを信仰することは、ラーの怒りを知ることである。アテンの忠実な信徒を知ることは、セクメトの怒りを知ることである。追放された神々を記憶することは、虚無に向き合うことである、と。だから、二人の名を教えるのと引き替えに、少年王はわたしの名を奪った。

これが最後の日記だ。たとえ顧《かえり》みられないとしても、このページのここが、この世にわたしが残す最後の言葉になる。インクで書いた文字が一つずつ、風に乗って灰のようにページから舞い上がっていく。そして、この死の床《とこ》に横たわり、わたしはゆっくりと命なき屍《しかばね》へと化していく。無駄だとわかっていても、誰かに伝えずにはいられない。記憶に留めておこうとせずにはいられない。

どうかわたしのことを覚えていてほしい。わたしの名は

（倉田真木訳）

感じのいい男

ウェルヘイ・プロダクションズ

The Nice Guy

WellHey Productions

ウェルヘイ・プロダクションズ（別名 OldManMurphy）は作家でYouTuber。大学生だった 1995 年頃からイラストやアニメーション、ナレーションと組み合わせた作品を発表し始め、現在も同チャンネルで自作のアニメやコメディなどを公開。日常にひそむ狂気をテーマにした作品が得意。

フランク、トマス、カービィは火曜の午後十二時二十五分頃、オフィスの休憩室に入る。それぞれ違う食べ物や飲み物のパッケージを手に、前に使った人たちが適当にテーブルに突っこんでいったファイバーグラス製の椅子にドスンとだらしなく腰をおろす。パカッ、バリバリッ、ビビーッと威勢のいい音を部屋に響かせて密閉容器の蓋を開け、袋のマジックテープをはがし、中からごちそうを取り出す。

「ちくしょう！」トマスはうんざりして天を仰ぐ。

冷えたピザをほおばったフランクが口をもごもごさせながら哀《あわ》れむ。「奥さん、またツナサラダ入れてきたのか？」

トマスは水っぽいサンドイッチをべちゃっとテーブルに放る。

「おれはこれが大嫌いだって、あいつ知ってるくせに！　ああ、もう、くそいまいましいったら、我慢の限界だ！」

「自分の昼食くらい自分でつめたらどうだ」カービィはサラダのこびりついた歯の間から声をだしてくる。ランチドレッシングがカービィの口の端からとろりと垂れて、テーブルに落ちる。トマスは馬鹿にしたような目でカービィをにらむ。

「わかってねえな、おまえ。もう五十回くらい『ツナサラダは嫌いだ』って言ってんのに、あいつ聞いてんのか？　ぜんぜん聞いちゃいねえ！」トマスは右手で額をおさえる。「ああ、もうこんなの耐えられるかってんだっ！」

「でもさあ、少なくとも、おまえはあの男とは違うよ」フランクは口についたペパロニ・ソーセージの油を安っぽい紙ナプキンで拭《ふ》く。

「あの男って何だよ？」トマスは面くらってフランクを見る。

「コンピュ・トゥールズ社の人の話？　先週のニュースにあったね」カービィが口をはさむ。こちらはすでにデザートの容器をほじくっている。

トマスはくるりとカービィのほうを向く。「おまえら、いったい何の話してんだ？」

フランクはもう一枚のナプキンで両手をふくと、腕組みをして身をのり出す。トマスとカービィもそろって同じ姿勢をとる。

「あのな、ある男がコンピュ・トゥールズ社に勤めていたんだ。感じのいい男だ、って話だ。名前はなんていったっけな？」フランクは名前を思い出そうと上を向く。突然、パチンと指を鳴らす。「フィル・カーブソン。で、そいつが働き者でさ、文句ひとつ垂れず、仕事はいつも締め切り前に完了。なんてったって、完璧な業務記録に汚点を残さないためなら残業も厭《いと》わないときたもんだ」

トマスが「うへえ、おれ、そういう奴、いただけねえ！」と、口をはさむ。

「それでな、コンピュ・トゥールズ社は新たに敏腕部長を雇ったんだそうだ。つまりは本社から派遣されてきたエリート将校みたいな奴でさ、生まれてこのかた自分の指一本動かす労力も費やさず、第一線に躍り出てきたって感じな？」

トマスはうんざりしたように首を振る。

「そう、そういうの。でさ、例のフィルがその部長の下に配属されたんだ」ここで、フランクは指で〈引用符〉をつくる。「助っ人、ってわけだ。そんでさ、そのいけすかない部長野郎、コンピュ・トゥールズ社の製品のことなんてぜんぜんわかっちゃいないから、ただ皆に向かって怒鳴《どな》りつけて命令するわ、細かいことまで逐一《ちくいち》管理するわ。オフィスの連中はこぞってブーブーだよ。『おれたち、もう辞めるしかない』とか、『人事呼んでこいよ』とか、『あの野郎、まじ、心《ハート》ってもんに欠けるよな』とか、給湯室でよく交わす虚《むな》しいやりとりな。皆、頭にきていたんだ。ただひとり、フィルをのぞいて。

フィルは余計な口出しをすることもなく、無言で笑みを浮かべて仕事をこなした。新部長に『ほかにご用は？』なんて訊《き》いたりまでしてさ。部長がわざと悪意をもって企んだか、もとよりそんな性質《たち》なのかは知らないが、部長はその言葉を聞いて、フィルがどこで降参してくるか、試してみることにしたんだ。

さっそく翌日、部長は業務の流れが一番長くて煩雑《はんざつ》な仕事をフィルの机に放り投げて、怒鳴りつけた。『今日の五時までにこれを仕上げろ。でなきゃ、今すぐ荷物をまとめて出ていけ！』とか何とか。フィルはおもむろに部長と顔をあわせると、にっこりと邪気のない笑顔で、『承知しました、ボス』と返事をした。

五時近くになると、フィルは部長のオフィスへ行って、完了した書類を誇らしげに机に置いた。『できました、ボス』って。

部長は顔を上げるとピカピカに磨いてバフ仕上げをした三百キロ近くもあるご自慢の大理石の机から完了した書類の束に視線をうつした。もう真っ青だよ。たった一人でいったい何をどうすればわずか七時間半の間にそんな報告書が作れるっていうんだ？　部長の目は書類を離れて、フィルのもの静かで理知的な顔をにらみつけた。『ほかにご用は？』とフィルはにっこりだ。衝撃冷めやらぬ部長はただ首を横に振った。『それでしたら、僕は今日はこれで失礼します。お疲れ様でした、部長。よい夜を』

部長はあっけにとられた。鋼のように固く心に誓う。もっと本腰を入れて、きっと週末までにフィルのやる気をくじいてやろうって。

　だが週末が来て過ぎても、依然としてフィルは元気だった。どんなにありえない業務命令にも、いつも朗らかに『承知しました、ボス』と応じた。そして、終業時刻になると完了した仕事を手に部長のところに来て、『ほかにご用は？』とにっこりするんだ。こんなことが二、三週間続いて、これまでの努力がまったく実を結ばないとなると、もっと仕事の分担を増やしてやれ、と部長は腹をくくった。今度は大口顧客の対応やら、数日に及ぶ出張やら、延々と続く会議やらで攻めたてた。すべてはフィルを打ちのめしてやりたいという激情をなだめるためだ。ところが、どれだけ新たにたくさんの仕事を課しても、フィルは『承知しました、ボス』と言って仕事を受けとり、もっと清々《すがすが》しい顔で戻ってきて、『ほかにご用は？』と訊くんだ。

　もはや途方に暮れてしまった部長だが、奥の手がもうひとつあった。自分の本来の仕事にはまったく集中できず、だいぶ非難を浴びるようになっていたが、銃殺執行部に呼ばれてクビになる前に、もう一度だけぶっ放してみたかったんだ。部長の頭に浮かんだのは、八時間という就業時間の合間の休息時間だ。フィルはこの間にリラックスして、自分らしさを取り戻し、夜は十分に睡眠をとって、翌日に備えている。そう考えた部長はフィルに翌年の予算報告書を渡して、『どれだけ時間がかかってもかまわないが、来年の予算案から少なくとも五百万ドル削減できるまで帰宅するな』と命じた。フィルはいつもと同じく、トレードマークの『承知しました、ボス』で応じた。こいつはきっとこの仕事で音《ね》をあげる、そう考えながら部長は背を向けた。すると、フィルは時計仕掛けのような規則正しさで、完成した予算案を携《たずさ》え、部長のオフィスで書類を渡した。『ほかにご用は？』部長は予算案にざっと目を通して言った。『いや、この数字はあまり気に入らないな』部長は書類をフィルに投げ返した。『ただちにやり直せ！　きちんとやるんだ』フィルは少し笑顔を歪《ゆが》めたものの、すぐに気を取り直して踵《きびす》を返し、机に向かっていった。

部長はフィルの笑顔が一瞬くずれるのを目にして、ようやく自分の計画が効を奏したとほくそ笑んだ。八時頃、フィルは部長のオフィスに戻ってきた。だが、いつもと少々違って見える。やや乱れた髪、額に押しあげられた角縁《つのぶち》メガネ、シャツの片端がズボンからはみ出していて、足取りもいつものように軽くない。フィルは部長に書類を手渡すと、ひどく刺々《とげとげ》しい口調で『ほかにご用は、ボス？』と言った。勝利の瞬間はすぐそこだ、と思った部長は報告書を見た。『ああ、フィル、ここの計算を間違っとる』書類をフィルに返して、こう言った。『やり直せ。それからわたしが言ったことを忘れるんじゃないぞ！　終わるまで帰るな！』

挫折感、失望感、喪失感につつまれたフィルは手にした書類を見て、額の汗をふき、首の後ろをかいた。くじけそうになりながらも、ミスの修正をするために自分の席に戻っていった。フィルが退室するや、部長は扉を閉めて勝利の小躍りをした。フィルが降参するのもすぐそこだ。今晩はぐっすり眠れるぞ。

十一時にフィルが重い足取りで部長のオフィスへ戻ってきて、修正ずみの書類を手渡した。疲れきっていたが、フィルは『ほかにご用は、ボス？』と訊《たず》ねた。部長は今や傲慢《ごうまん》の権化《ごんげ》となり、書類を床に投げ捨てて怒鳴った。『なぜ来年の予算案なんだ？　今年の予算案と言ったじゃないか。そんな簡単な指示もわからないのか？　すぐにおまえのしみったれた持ち場に戻れ。必要とあらば徹夜してでもわたしが言ったことを仕上げろ。でなければ、ほかにできる奴を探すまでだ！』

その後何が起きたか、正確に知っている人はいない。だが、遅くまで居残っていて部長の長広舌《ちょうこうぜつ》を耳にした連中の何人かが言うには、部長が話を終えるなり、フィルはメガネを外すと、まだはみ出していたシャツの端で拭いてメガネをかけ直した。それから、部長のオフィスのブラインドを全部下ろしていったそうだ。次に部屋から聞こえてきたのは、雷が落ちたような音と甲高い悲鳴だ。ものすごい勢いでドアを開けて、部屋から飛び出してきた部長は割れたガラスを髪にくっつけて、顔からだらだらと血を流し、『警備員！　警備員を呼んでくれ！』と叫んだ。目撃者の話では、その後悠然《ゆうぜん》とオフィスから出てきたフィルのシャツと両手に血しぶきが飛んでいた。右手に持ったペーパーナイフにも血糊《ちのり》がついていた。フィルの穏やかでにこやかな表情は消えうせ、狂暴そのもの。額に皺《しわ》が寄り、眉根がぐっと寄って大きく二つの弧を描いている。歯をきしらせ、ってその歯も話によると、鋭く尖《とが》っていたらしい。いつも透《す》き通るように白い肌は、赤く鱗《うろこ》っぽい。さらりとしていた髪はざんばらで方々に広がっていた。フィルはすくみあがっている部長に向かっていった。『承知しました、承知しました、承知しました！』フィルはこの言葉を唱え続け、声はだんだんと大きく、仕舞いには怒鳴り声になった。行く手にあるものすべてをぶっ壊しながら部長に向かって進み、その部長は大慌てでエレベーターに向かった。フィルはオフィスの仕切りパネルを次々になぎ倒し、プリンターを投げ飛ばし、机もどんどんひっくり返していったが、足取りは変わらない。歩調を早めなかった。エレベーターの扉がようやく開き、部長は急いで中に飛び込んだ。無我夢中で閉じるボタンを押しまくり、扉が閉まりかけたところでフィルの片腕がさっと中にのびた。部長は女々しい、絹を切り裂く悲鳴をあげて助けを求め、そして……」

椅子の端までのり出していたトマスはまばたきをする。「それで？」

「うん」フランクは言葉を続ける。「警備員がエレベーターからフィルを引きはなした。成り行きを野次馬していた連中は、それまでフィルが悪態《あくたい》をつくところなんて見たことも聞いたこともなかったそうだ。だが、その日耳にした罵詈雑言《ばりぞうごん》は不愉快極《きわ》まりなく、古代の言葉か悪鬼《あっき》の言語か何かのような響きだったらしい。警備員がフィルを抑えつけることができたのは、ただもう神の恩寵《おんちょう》というほかない。警察の護送車が社屋の車寄せに乗り入れると、その場にいた連中は三つのことに気がついた。ひとつ目、フィルはずっと手足を振り回し大暴れして、まるで別人だったということ。ふたつ目、部長が泣きやまなかったこと。三つ目、そしてこれが一番異様なんだが、部長の部屋でした雷の落ちる音、あれ、何かわかったんだ。三百キロの大理石の机な、部長の大事な大事なあれがさ、オフィスの窓の外で粉々に砕けていたんだ」

「それで終わりか？　その後何があったんだよ？　裁判があっただろ！」と騒ぐトマス。

「それがさ、フィルの情緒が不安定過ぎて裁判は無理って判断されたんで、フィルはブルックフィールドの州立病院に入れられたんだ。それですべては下火になって、日常に戻ったってわけ。部長は本社に呼ばれて、クビになったよ。監視カメラにはフィルが部長とオフィスにしでかしたことだけでなく、そもそもフィルがブチ切れる原因になった部長のムチャぶりも映っていたからね」

「当然の報いだな！」と、トマスはコメントする。カービィは空の容器の片づけをはじめながら、ただ首を振る。

「いや、ほんとのオチはこれからだよ。この話はサリー・ボイドってコンピュ・トゥールズ社の社員から聞いたんだ。彼女、例の部長代理をしていたんだ。部長はクビになった後、一時身の周りの整理に来ていて、暇つぶしにラジオをつけた。で、もっとダンボール箱がいるんで部屋を出ていって、戻ってきたところで、サリーはラジオがこう言うのを耳にした。『月曜日にブルックフィールド州立病院に収容されたフィル・カーブソンの失踪が、先ほど明らかになりました』部長は恐怖に凍りついた。部長の様子を見にサリーが振りかえったところで、扉がバーンと顔にあたって、仰向けに床にひっくり返った。起き上がったサリーの耳に、命乞いをする部長の声がはっきりと聞こえてきたそうだ。『頼む！　やめてくれ！　何でもするから！』って。すると扉の向こうから、聞き覚えのあるもの静かでなめらかな『ほかにご用は！』と言う声が聞こえた。サリーは扉をドンドンと叩《たた》いたが、鍵が閉まっていたので、窓から中をのぞいてみた。ところが、ブラインドがほぼ全部下げられていて、腕や脚を振り回しているのくらいしか見えない。サリーは何度も扉を蹴りつけて、『誰か、お願い、助けて！』と叫んだ。だが、時すでに遅し。オフィス内の騒ぎが収まるとすぐにノブのガチャッという音がして、ずっと鍵がかかっていなかったとわかったんだ。目に涙を浮かべてゆっくりとノブに手を伸ばしたサリーは、扉を開けて、身の毛もよだつ光景を目の当《ま》たりにしたんだ。

部長の体は喉《のど》から腰のあたりまでぱっくり開いて、胸郭と内臓が見えていた。両手はねじ曲げられて肉と拳の結び目になっている。おさまらない激痛と恐怖にゆがんだ顔、大きく見開いた目、固く閉じた口、折れ曲がった鼻。左手の中には、幕引きへの最後の終止符、部長自身の心臓があった。サリーと何人かの見物人がようやくオフィスに足を踏み入れて目にしたのは、薄汚れた黄色いむき出しの壁に殴り書きされたメッセージ。『僕らは間違っていた。やはり、こいつにも心臓《ハート》はあった』」

「なんてこった！」トマスは吐き気《け》をこらえようと口をおさえる。

「その後、コンピュ・トゥールズ社はその社屋を閉鎖した。たしか、そこは……格安パソコンの〈メガバイ〉に変わったんじゃないかな」フランクは話し終えると、しかつめらしくコーヒーを一口飲む。

トマスは両目をこする。「おい！　ちょっと待った。フィルはどうなったんだ？」

「ここから話は『妙なことに……』ってなるところなんだろうけど、それほど妙でもないんだ。サリーたちがようやく扉を開けると、部屋にいたのは部長だけだったんだ。サリーは、フィルの姿を見なかった、声を聞いただけ……少なくとも、そう聞こえた、と言ったんだ。以来、誰もフィルの姿を見ていない」

「その話、とことんデタラメだ！」カービィが突然声をあげる。

フランクとトマスはきっとふり向いて、雰囲気《ふんいき》をぶち壊してくれたカービィをにらむ。

「何だよ?」トマスが訊ねる。「何が起きたか、知ってるみたいな口きくじゃねーか」

「そんなじゃなかったって知っているだけさ」カービィは角縁メガネを直しながら、泰然と言う。

「そうかい、お利口さんよ。なんで知ってんだ?」と、フランクが茶化す。

「なぜって……」カービィはのり出して顔を寄せる。同じようにのり出すフランクとトマス。「病院は僕が消えたって、まだ知らないんだよ」

と、ちょうどそのとき、カービィの上司の部長が休憩室に顔をのぞかせる。「おい、カービィ、ちょっと頼まれてくれないか」

「承知しました、ボス」

カービィが立ちあがり、静まりかえった休憩室を後にするとき、フランクとトマスの目が一瞬とらえた社員証の名は――カービィ・フィリップス。


（田中ちよ子訳）

黄色いレインコート

サラ・ケアンズ

The Yellow Raincoat
Sarah Cairns

サラ・ケアンズは「黄色いレインコート」のほか、「スネックドロー」といった人気のクリーチャーを生み出した、MrCreepyPastaやCreepsMcPastaのYouTubeチャンネルの人気作家。各動画サイトで着用するマスク制作にも携《たずさ》わっている。

こんなふうに始めるのは良くないけど、正直にならないと……。わたしはもう何もしていない。言葉にすると重いが本当のことだ。こうなったのはしばらく前からだけど、最近ひどくなった。わたしは大学を出たばかりで、例にもれず仕事が見つからない。そう、よくある話だ。仕事につかないと経験が積めないが、経験を積まないと仕事につけない。ひどい悪循環で、しだいにへこんでくる。ずっとやる気を保っていても、そのうち意欲を失ってしまう。

さっきも言ったように、ひどくなったのは最近だ。友達はほとんど仕事を見つけるか、引っ越していった。友達づき合いが急に減ったのは向こうのせいじゃない。わたしから関わらなくなったようなものだ。不安にかられるあまり誘うことさえできなくなった。そうしたぬぐいきれない不安に襲《おそ》われるのは、どういうわけか友達と話しているときだった。わたしが嫌なやつになったことに気づかれ、もうこれ以上つき合う意味なんかないと思われているんじゃないかと怖くなった。思いきってわたしから誘ったときも、本当はどこにも出かけたくなかった。何かをしようという気力もなかった。その頃はどうにか家を出ようとしていたが、精神的に疲れきってしまっていた。そのうち、実家から出なくなった。部屋の電気すらつけない日もあった。暗がりに座りこみ、インターネットを眺めながら、一日が終わってまた眠れるのを心待ちにした。

わたしはいつも夢を見ていた。夢を見るのは創造力か何かのせいらしい。眠ることがわたしなりの外に出かける手段で、眠っているときだけは自分がどうしようもない負け犬だと思わずにすんだ。わたしには責任がなく、目を閉じて横になれば、何が起ころうがどうでもよかった。眠る時間が徐々に長くなっていくのも自然ななりゆきだった。無意識に見る夢は面白く、起きている世界では何ひとつ成し遂げることができなかったことも気にならなかった……。そのうちどんどんひどくなり、いちどに四時間以上起きていられなくなった。

それだけ寝ていると、どこまでが夢で、どこまでが本当に起きているのかわからなくなる。そうしたうたた寝のような状態が二カ月ほど途切れることなく続いた——わたしが厄介者になっていることを巡って罵《のの》りあう家族間の口論はさておき。仕事探しにもっと時間を割くべきだとわかっていたが、そうしようとするたびに頭が働かなくなり、疲れきって何もできなくなった。心のどこかでは、これ以上頑張っても無駄だとあきらめていたのかもしれない。そのうち、寝ているときも、生きていることがストレスになってまいってしまうんじゃないかという気がした。

夢の中ではすべてがとてもはっきりしていて、頭に描いたイメージは現実世界をそっくりそのまま表していた。物の手触《てざわ》りがわかったし、何にでも触ることができ、脳は驚くほど鮮明にそうしたイメージを処理していた。どういうわけか、夢がつながっているように感じられるようになった。まるで、ひとつの物語が展開されるのを見ているかのように……。

夢にはきまって巨大な建物が出てきて、ありえない方向にねじ曲がった超高層ビルのようだった。互いに巻きついているときもあり、蜘蛛《くも》の巣を形成しているようでもあった。見ているだけで、いまにも崩れ落ちてきそうな恐ろしい感覚に陥った。その信じがたい形状の周辺では、たえず金属が削られたり、引き伸ばされたり、叩《たた》きつぶされたりする音が聞こえた。建物自体には絶対に立ち入ることができないようだった。建物を見ていたら、何かがガラスに映っていた。黄色い上着を着た人物で、わたしの背後にいた。けれども、正体を求めてあたりを見回しても見つけられそうになかった。ガラスに映った姿とはいえ、そこにただ立ちつくし、遠くからじっとわたしを見すえていた。動くのかどうかもわからなかった。ガラスにべったりと貼りついた影のようだった……。

夢にはいつも自分以外の人たちが出てきた。彼らと話した記憶はあるが、いちども名前で呼んだことはない。名前はとくにないようだった。頭の中で創られた世界に住むこうした男女に似た人を見た覚えもなかった。夢ではたいてい普通のことをして過ごした。何かを食べたり、大声で騒いだり、ときには賭け事をしたりした。夢に出てくる友達はそれなりに本物っぽかった。それぞれがそれぞれの方法で反応した。わたしがいちども会ったことのない家族のことを話す人もいれば、延々と趣味について話す人もいた。わたしにとっては数週間ぶりの会話らしい会話といえた。話したのが、たまたま自分のささやかな夢の世界だったというだけで。自分にまだ友達がいて、家から外に出ようと頑張っていたあの頃のようだった。夢の中で毎回起こる不可解な出来事をのぞけば。どの夢でも、きまって一人は恐怖に怯えながらわたしにこう訊《たず》ねた。「それは君を見ているか？」

いちど、夢の中で酔っぱらいながら鬼ごっこをしていたとき、休憩中にそれは起こった。一杯やろうとして全員が立ち止まったときだった。参加者の一人がわたしの肩をつかみ、爪をくいこませるとあの質問を叫んだ。夢の中だというのに、他にいくらでも返答を思いつきそうなものを、わたしの口から出たのは間抜けで場ちがいな「え？　なに？」だけだった。すると男はまじまじとわたしを見たが、同じように困惑しているようだった。そのとき突然、ほんの一瞬だが誰かに見られているような気がした。視界からわずかに外れていたが、わたしの目はまたしてもあの黄色をとらえた。

そんなことが二週間ほど続いた。たしかに若干不安は感じたものの、それでも起きているよりはましだった。いっときの戸惑いを気にせずにいることなど簡単だった。とはいえ、わたしは周りで起きていることにもっと注意を払うべきだったのかもしれない……。建物はゆっくりと変化していて、成長しているかのようだった。ねじれながら形をなすようにだんだんと複雑になり、内側から響く重低音は日に日に大きくなっていった。こうした変化に気づいた頃には、数日で建物が空を完全に覆いつくしていた……。

わたしに対する友達の態度が変わったのはその頃だ。前は毎晩のように「それは君を見ているか？」と訊ねていたのが、もう訊ねなくなった。かわりに、「もう行かなくちゃ。それはもういる」という怯えた言葉が口から飛び出すようになった。わたしには何が起こって状況が一変したのかわからなかった。たしかにわたしは普通の人より少し長く寝ていて、夢が変わっていく様子を見てきた。だが、勝手に創られたこうした幻想が突然何もかも変わったときには、どう反応すればよかったのだろうか。

しばらくすると周囲には誰もいなくなり、重苦しい不穏な空気が流れるようになった。見上げると、空をとらえた建物が少しずつ押しつぶされていくのが見えた。すべて崩れ落ちるんじゃないかという考えは、もはやかすかな懸念ではなく、まぎれもない現実となった。世界中のあらゆるものが揺れて動き回ることによって生じた音は、これまでに聞いたどんな音とも異なっていた。それは頭骨が内側から引き裂かれたような激しい衝撃音だった。脳内で何かがゆっくりと磨《す》りつぶされているようだった。このとき以来、どの夢でも、わたしはしだいに崩れ落ちていくこの土地をさまよいながら、必死に頭を体のてっぺんにつなぎとめようとしていた。いく晩か、例の黄色いものが視線のギリギリ端で動くのを、わたしはこの目でたしかに見た。それは日に日に大胆になり、姿を現しそうになった。だが、どうにか見つけ出そうとしても結局は無駄に終わった。

そのうち、それは起きているときも介入してくるようになった。それどころか、そのせいでちゃんと寝た気がしなくなっていた。起きているのに、頭の中では夢の中と同じような激しい音が鳴り響いていた。そうなると、眠らずにいるためには何でもしようとした。少なくとも起きているあいだは、鎮痛剤で頭骨の中の激しい痛みを鈍らせることができた。問題は、二時間おきに三錠飲んでいるとなかなか目を開けていられなくなることだった。

わたしの努力もむなしく、結局は眠ってしまっていた。この頃夢の世界に出てきたのは、ねじれた金属で作られた閉所恐怖症を引き起こしそうな廊下だけだった。うるさい打撃音がそこらじゅうに響きわたっていた。ああ、その音はわたしの夢を食いつくす野獣だか何かの心臓の鼓動そのものだった！　逃げ出さなくては。ここから抜け出す方法があるはずだ。音はしだいに大きくなっていった。わたしの意志を試しているかのように。それは、わたしがこれまで人生のさまざまな局面でそうしてきたように、あきらめ、座りこみ、降参することを望んでいた。狂気そのもので気がふれたようになったその瞬間、わたしはそれを見た。最初、自分が見つけたのは礼拝堂の内部のような大きな開口部かと思った。金属はねじ曲がり、奇妙な形をしていて、わたしの理解の及ばない何かを象徴しているようだった。

その部屋の真ん中で、わたしは初めてそれを見た。黄色いレインコートを着た男のようだった。愚《ぐ》の極《きわ》みの瞬間、わたしはそれに向かって「ねえ！」と叫んだ。それがビクッとして、振り向こうとあがいたとき、たちまち深い後悔の念が広がった。それはありとあらゆる動きをした挙句、ばらばらになってしまったかのようだった。ある瞬間には人間のように見えたかと思うと、つぎの瞬間には動物に近いような気がした。怪物が呼吸をするたび、脳が悲鳴をあげた。あたかも、目の前で起きたことを目が処理できず、その黄色いものがわたしの人生のあらゆる記憶、あらゆる思考、あらゆる日をひっつかんでひとつの形にしようとしているようだった。わたしの心のうちを、それは知っていたはずだ。頭骨がつぶされる激しい衝撃の合間に一瞬、わたしはそれが嗤《わら》うのをたしかに聞いたのだから。

頭の中の悲鳴がしだいに大きくなった。それが近づいてきているにちがいない。脳が働かなくなり、目に閉じるよう命じることも、脚に動くよう命じることもできなくなった。逃げることができず、目はそれを凝視したまま動かなくなった。目だけはまだ必死にその怪物の形らしきものをとらえようとしていた。痛みをこらえながらその皮膚の質感を目にしたとき、まっさきに頭に浮かんだのは……いまいましいレインコートだった。

それはすぐ近くにまで迫っていた。フードで隠れていたが、「顔」から漏《も》れ出た黒いタールのような液体の奥にわずかに埋もれた目の輪郭が見てとれた。近づくにつれてその息づかいが伝わってきて……わたしはその場から動けなくなった。足が釘《くぎ》で床に打ちつけられたみたいに。ここで、死ぬんだ。そうやってすべてがあっけなく終わるんだ。それが何であれ、わたしの理解の及ばない顎《あご》を使って、わたしを生きたまま食いつくすのを見届けようとした。皮膚を引き裂かれる感触が伝わり、臓器も形容できないほどかぎ裂きにされて散乱した。涙も、叫び声も出なかった。わたしはじっと見すえた。その光景と、あらゆる動きに伴う痛みに正気を失った。最後に聞こえたのは、それがわたしの肉をむさぼり食う歯と歯が臼《うす》のように擦《こす》れあう音だった。

そこで目が覚めた。冷や汗をびっしょりかいていた。わたしはむせび泣き、叫んでから、ようやく本当に目覚めていることに気づいた。夢だとわかって、嬉《うれ》し涙を浮かべたくなった自分がいた。どれも現実ではなかった。いたって健康だし、どこも問題ない。あれは全部夢だったんだ……。これからは何もかも元どおりになる……。すべて、ただの悪夢にすぎなかったのだから。

解放された気分で、そのときはみんな終わったような気がしていた。つぎに何が起ころうと、最悪の事態は過ぎ去ったように思えた。あの怪物が何であれ、永遠に消えさったのだ。また普通の生活に戻ることができる……。もういちど家から外に出かけられるようになるだろう。すべてがうまく行くような気がした。あのおぞましい疲弊感が忍び寄ってくるまでは……。

まぶたが重くなり、いつのまにかまたあの礼拝堂にいた。手足を壁に固定され、どんなにもがいても脱け出すすべはなかった。そのとき気づいた……。周りにいるのは前に夢で会ったことのある人たちで、同じように捕らえられていて――その中央に、あのいまいましいレインコートを着た野獣がいた。壁に釘で打ちつけられた一人ひとりに近づくと、ゆっくりと内臓を抜き出し、引っぱったり、食らいついたり、ありえない方向にねじったりしていた。その一挙一動に頭がくらくらして錯乱《さくらん》状態に陥った。それが一歩を踏み出して押しつぶすたびに悲鳴があがり、徐々に高まっていき、ついにわたしに触《ふ》れる瞬間……それがわたしのほうに顔を向けようともがくと、それの首がボキンと折れ、言いようのない形にねじ曲がった。悲鳴をあげ、すさまじいパニックに襲われたが、なぜか脳内につかの間の静寂が訪れた。つぎの瞬間、それの歯がにやりと笑うのが見え、隠れていたその目が邪悪な赤い光を放った。ついにわたしは感じた——その爪が脚にくいこむのを。筋肉と皮膚がゆっくり剝《は》ぎ取られ、引き裂かれていくのを……。

わたしはそいつの心臓の中に閉じ込められた。それはここを支配する、金属の小部屋に棲《す》む恐ろしい神だった。それに比べれば、わたしなど腐りかけた肉の粗末な切れ端にすぎない。その顎に何度も向き合うよう運命づけられた……。それは歯に獲物を食い込ませたが最後、絶対に放しはしない。その爪と、かぎ裂きの牙《きば》が、わたしの背後にある金属の壁に食いこんだ。ズタズタに裂かれた自分の断片を通じて、この最後の瞬間に学んだことがひとつある……。ついにわたしは、これが始まったときから耳にしてきたあの音が何なのかを理解した……。

目を閉じて眠るたび、わたしは礼拝堂の中にいる。毎晩勇気を出して寝ても、そのたびに引き裂かれる……。起きているときは、夢でどんな怪物が待ち構えているか知っていながら気持ちを集中させるのは、たとえ一瞬でも難しい。わたしは嫌気《いやけ》がさしている。何度も繰り返し自分に言い聞かせている。あれは夢だと……。だが、すべてがやけに生々しい。わたしはもう何もしていない。何もできない……。それはわたしの動きを封じ、目を閉じることさえ恐ろしくなっている。あとどれくらいもつだろうか。いまも不快な誘いをかけられている。いや、とても簡単なことだ。鎮痛剤をあるだけ全部飲んでしまえばいい……。そうすればすべてが終わって、わたしは眠りにつくことができる……。

（古森科子訳）

「うつ」は魔もの

Ｇｏｌｄｃ０１ｎ

Depression Is A Demon
Goldc01n

Ｇｏｌｄｃ０１ｎ（ゴールドコイン）はこのペンネームの意味も含め、謎の作家。その作品はMrCreepyPastaのようなYouTubeチャンネルに登場している。人の心の闇をえぐり出すホラー作品が得意。

自殺の現場に足を踏み入れてはいけない。特に、ティーンエイジャーは。

父さんはいつも、「うつ」には気をつけろと言っていた。「うつは魔ものだ」とも言っていた。今にして思えば、父さんが何かにつけ、「うつ」を僕の脳裏に焼きつけようとしていた理由がわかる。だが、少し前までの僕は自分のことで頭がいっぱいだった。ティーンエイジャーとはそういうものだ。

ティーンエイジャーならではの問題。ティーンエイジャーならではの大騒ぎ。ティーンエイジャーならではの悩み。

だが、目の前にある大きな問題には気がつかない。父さんが転職を繰り返していたのは、高い給料や、働きがいのためではなく、解雇されたからだということを僕は知らなかった。夜更《よふ》けに父さんと母さんが大声で言い争いを始めると、音楽でかき消した。僕が門限を過ぎても帰らないとき、父さんはいつでも「眠らずに」待ち、僕の無事を確認していたことも知らなかった。

父さんはよく「うつ」は、ぼんやりと現れると言っていた。両肩にのしかかるとも言っていた。いなくなったと思っても、最悪のタイミングで戻ってくるとも言っていた。

当時の僕は父さんが伝えたかった「それ」には気づいていなかった。

家族旅行中の父さんはいつも楽しそうに笑っていたが、どこか遠くを見つめていたことを覚えている。父さんの心は僕らと一緒ではなかった。父さんだけが知っている、何か別のことを考えているようだった。それには母さんも気づいていたと思う。父さんの態度は母さんをひどく傷つけ、母さんは家を出ていってしまった。もう父さんとはやっていけないと言って。

書き置きを見つけたとき……僕は途方に暮れた。

あの黄色い用紙に書かれた「さようなら」という文字に、これほど強烈な力があるとは思いもよらなかった。

僕は「父さん！　父さん！」と叫びながら、家中を探した。

まずは一階を探した。それから、階段を駆け上がり、父さんの部屋に向かった。浴室のドアの下から、ひとすじの光がもれていた。僕は浴室のドアを叩《たた》き、もう一度大声で叫んだ。「父さん、そこにいるの？」泣いている。ドアの向こうから聞こえてきたのは、父さんのすすり泣きだった。「父さん――お願いだから」父さんに話しかけるというよりも、自分に言い聞かせるように、僕はつぶやいた。こんなつぶやきが、父さんの耳に届くかわからなかった。ドアノブをさわると冷たかった。手のひらで包み込むようにしてドアノブを握ったが、ドアを開けることはできなかった。あの書き置きの意味はわかっていた。父さんはこのドアの向こう側にいる。けれども、父さんの今の姿を本当に見たいのかはわからなかった。父さんはもう命を絶ってしまったのか……？　だとしたら、僕はどうすればいいのだろう？　救急車を呼んで、ただ待てばいいのか？　でも、もし僕がいま浴室に入らなかったら、他の誰かが助けに来る前に、父さんは本当に死んでしまうのではないか？　いろいろな考えが頭の中を駆け巡ったが、結局は本能が僕を動かした。頭が結論を出す前に、手が動いた。ドアはゆっくりと開いた。父さんがいた。かみそりを手首に当て、バスタブの中に座っていた。ひとすじの血が腕に沿って流れていた。父さんは震えていた。かみそりの刃は皮膚の表面を少し切っただけだ。まだ深く切り裂いてはいない。まだ父さんを助けることができる。

でも、何て言えばいいのだろう。「父さん、やめて、お願いだから」そう言うのが精一杯だった。けれども、父さんは聞いていなかった。父さんはいつものように何かをじっと見つめていた。何かに心を奪われ、僕のことには気づかなかった。

僕は父さんの視線を追った。

僕の視野の端に「それ」が見えた――本気で見ようと思ったとき、初めて「それ」が見えた。黒い影だ。輪郭は人間だが、肉体を持たない黒い影。黒い影は、父さんの隣にひざまずき、父さんにふれていた。というよりも、黒い影は父さんを捕まえていた。父さんの両腕を捕まえていた。両手を捕まえていた。手首の表面を切ったのは、父さんではなかった。見えるようで見えない影が、父さんを切りつけていたのだ。煙にも似た長い指が、父さんの手首に、かみそりの刃を当てていた。影の頭部は、かみそりを見てから、父さんと視線を合わせ、それからもう一度、かみそりを見た。影は父さんをもてあそび、「切っちゃおうかな?」とでも訊《き》いているようだった。何とかして影から視線を逸《そ》らすと、父さんと目があった。父さんも影を見るのをやめ、僕に視線を向けた。僕の目をまっすぐに見た。

「助けてくれ」かみそりの刃が、いとも簡単に父さんの腕を深く切り裂いていった。父さんが涙を流した。僕は凍りついた。僕はいったい何に遭遇し、何を目撃しているというのだろう。何が何だかわからない。何よりも情けないことに、僕には父さんを助ける方法が思いつかなかった……父さんの体から、がっくりと力が抜けた。影が僕のほうに頭を向けた。

父さんの葬式から数日が過ぎた。

あれから僕は、自分の部屋からほとんど出ていない。母さんが夕食だから出てきなさい、と声をかける。僕は何とか部屋から出ようとする。本当だ。けれども、父さんにまとわりついていた影のことは、母さんには話せないと思う。あの日から、影が僕にまとわりついていることも絶対に話せないと思う。

（高増春代訳）

舐める熊

マックス・ロブデル

Licks From A Bear
Max Lobdell

マックス・ロブデルは「おチビちゃん」（p.43～）に続き、2度目の登場。

二〇一五年八月一日午前九時

ジェンが出て行ってから、きっかり一年だ。それはつまり、僕がクビにされてから一年と一日が過ぎたということ。あれから仕事はしていない。あのときは就業不能給付で暮らすのが気に入っていた。何もしなくても金が手に入るし、ジェンと過ごす時間がたっぷりできるから。もっとも、彼女のほうはそうは思っていなかったらしいが。彼女は昔から野心家だった。「だった」というのは違うな。毎日彼女のフェイスブックをチェックしているんだけど、彼女はたえず成功を手に入れていて、それをまめにアップしているんだ。直近のには、婚約したと書かれていた。あんなに幸せそうな彼女は、これまで見たことがない。

あの頃、二人の関係はどんどん悪化していって、喧嘩するのが楽しみになるほどだった。彼女は決まって、僕はすごく頭がいいくせにやる気がないって言うんだ。実際、彼女より頭がいいのにって。僕からしたらジェンみたいに頭のいい人に頭がいいと言ってもらえるのはすごくいい気分だった。僕にいらついて、わめかれるのだとしても。あなたのうつや不安障害も理解しているし、そのうつと不安障害が妨げになってあなたが幸せになれないことも理解している、って彼女は言ってくれた。だから、彼女は僕を理解しようとしてくれているんだ、なんとか関係を続けたいと思ってくれているんだとばかり思っていた。どうやら違ったらしい。

僕のうつの症状なら、就業不能給付の対象になるのは、たいして難しくなかった。給付金の額はたかが知れていたけど、家賃と食費にはなる。ただ一つ面倒なのは、毎週セラピーに通わなくちゃいけないことだ。それに毎月予約を入れて、うつとADHDと不安障害を治療する処方薬を取りに行かなくちゃならない。とは言っても、手続き上そうするだけで、本物の治療とは似て非なるものだ。だから、僕は独《ひと》りぼっちで無職の負け犬で、「すばらしい頭脳」をもっているらしいのに、まったく役に立っていない。それに、ずっとこのままでいるわけにはいかない。だから、あることを思いついた。というか、本当は昔からずっとあった処置だけど。

今日から、僕の新しい生活が始まる。薬はちっとも効かなかったし、セラピーも何の効果もなかったし、行動変容療法もまったく効果がなかった。薬が僕を見捨てたんだ。いや、僕が薬を見捨てたのかもしれないな。いずれにしても、また自分で自分をコントロールするつもりだ。僕の体を苛《さいな》む障害の言いなりになる気はない。もう注意障害なんかごめんだ。もううつなんかいやだ。もう不安障害なんかごめんだ。ここ何年もなかったほど、希望に満ちあふれている。

二〇一五年八月一日午後三時

器具はすべてきれいにして準備してある。一時間ほどしたら始めるとしよう。ちゃんと処置の全容がわかる記録をつけ、僕には自分を傷つける気はないとはっきりさせる必要がある。僕の体験を記録しておけば、気分と認知能力におよぼすプラス（もしくはマイナス）の変化のエビデンスになるはずだ。

二〇一五年八月一日午後四時五分

額の右上部分に十セント硬貨大の丸い印をつけてから、刃先の付け替えができるエグザクトナイフを使って皮膚に切り込みを入れた。どのくらい痛みが出るかについては、心の準備ができていなかった。何度か中断しては、ちゃんと見えるように涙を拭《ぬぐ》った。切り込みを入れてしまえば、皮膚を骨からはがすのは簡単だった。はがした皮膚は便器に流した。

今は、血が止まるのを待っているところだ。出血はすでに減ってきた気がする。頭蓋骨がこんなふうにむき出しになっているのを見ると、すごく変な感じがする。

各段階に進む前と後に、一文か二文書き留《と》めることにする。そうやってできるだけ詳細に記述することで、思ったとおりにうまくいっているか検証できる。

大きなドリルを使う代わりに小型のドリルビットを使うことにした。円形になるように小さな孔《あな》をいくつも開けていくには、これまで以上の時間がかかるだろう。だが、この作業は正確さが要求されるのであっという間に感じるはずだ。一つ目の孔を開けることにする。

最初の孔が開いた。想像してほしい。頭の中がブンブン飛びまわるスズメバチだらけになったみたいに、ドリルが頭でブンブンうなっている間、できるだけ強くこぶし大のアルミ箔《はく》を噛《か》み締める感覚を。振動があまりにも苦痛なので、今はドリルを当てている部分の痛みしか感じない。おじけづかないうちに、あと十かそこら孔を開けなくてはいけない。

孔が開くごとに、振動は軽減していった。でもその分、骨のあたりの痛みはひどくなった。偏頭痛になったことは一度もないけど、こんな感じなんだろうな。

円形に並んだ小さな孔を明かりで照らし、鏡に映して、孔の奥がどうなっているかよく見ようとする。でも、たいして役に立たない。孔と孔の間に残っている骨組織は、ものすごく薄くてもろそうだ。その部分をワイヤカッターで切っていくことにする。丸く切り取った頭蓋骨を流しに落としたところだ。今見えているのは、脳を覆っている真っ赤な膜だ。ちょっと驚きだったのは、そこにものすごくたくさん血管が通っていること。タオルをさらに二枚出しておく。この膜を切り取るのは、いちばん恐ろしい工程だ。

この工程を終えると、大量に血が流れだした。組織自体に圧力をかけすぎないように細心の注意を払って、血を吸い取っているところだ。少し目眩《めまい》がするので、穴にタオルを押し当てたまま椅子に座り、まさにこういう場合に備えて用意しておいたステーキを食べ、オレンジジュースを飲んでいる。じっとしているうちに、傷口の血が少しずつ凝固しはじめた。傷口全体が痛いが、穴の周りがどきどきと脈打つ強烈な感覚に比べれば、痛みはたいしたことはない。まるで第二の心臓が拍動しているみたいだ。

出血が止まったので、傷口を水と消毒用アルコールできれいにした。これで、脳を見ることができる。色は灰色だ。自分の体の一部とはとても思えない。どういうわけか現実ではないように感じる。他人の身に起こったことを眺めているみたいだ。プラス面としては、もう目眩はしない。でも、疲労でぐったりしていた。包帯をぐるぐる巻きにして寝ることにする。片づけは明日にしよう。

二〇一五年八月二日午前六時三十分

今朝目が覚めると、これまでにないほど活力と気力に満ちていた。今こうしてここに座ってこれを書いていても喜びのようなものを感じる。言葉選びに詰まることもないし、後で自分の書いたものを読み直したときにどう思うかな、馬鹿馬鹿しくて要領を得ないと思うだろうな、などと弱気になることもない。何もかもがとにかく……絶好調だ。これまでに読んだ穿頭術《せんとうじゅつ》を受けた人たちの体験談にも、同じようなことを経験したと書いてあった。でも、僕は頭に穴を開けてもまだそんなことが自分に起こるとはどうしても思えなかった。今も、ただのプラシーボ効果なんじゃないかと不安だ。とはいえ、脈動してる感覚はまぎれもなくあるし、相変わらず強烈だ。穿頭術を受けた仲間たちが言っていたのとはまた別の感覚だった。彼らに言わせると、その感覚は体が脳を再び大きくしようとして起こるのだという。幼児期を過ぎると頭蓋骨が硬くなるため、脳は大きくなるのを阻《はば》まれていたらしい。この説を信じていいかどうかはわからないが、今起こっていることを否定することもできない。

二〇一五年八月二日午後二時

今日は一日、部屋の掃除にあてた。部屋はこの一年間、うつが悪化するにつれて、物が溜《た》まりだんだん散らかっていった。今日は、目を覆っていたベールが取り払われ、目に留まる物すべてが光に照らされているみたいに見える。しなければならなかった掃除にさっそく取りかかり、きれいに片づけた。ジェンといっしょに引っ越してきたときよりも、今のほうがきれいに見える。セラピストからは、かなり前に掃除をするよう勧められた。余計なもののない心地よい空間は、自分の部屋をよどんだ場所ではなく可能性を感じさせる場所にする効果があるというのだ。今は、セラピストの言っていたことを実感できる。可能性を感じるというのは、こういうことだったのだ。

頭に開いた穴はまだ痛かったし、見た目もぶざまだったけれど、そのくらいは想定内だった。外出するときは帽子をかぶれば、傷があるなんて誰も気づかない。でもまだ、外出する気はない。傷口が治るにつれて、やたらにかゆくなってきたことが少々気になる。治りかけている傷口を消毒し、清潔に保つことにすごく神経を使っているから、このたまらないかゆさも治る過程の一症状なのだろう。かゆいのをできるだけ気にしないようにする。

二〇一五年八月二日午後十一時三十分

術後最初の一日が終わろうとしている。寝るところだが、今日はたくさんのことをやり遂げた気がする。部屋には汚れ一つない。数カ月前から書いていた短篇を仕上げた。ネットの使用料と公共料金の支払いをすませた。さらに、腕立て伏せを二セットこなした。食事も忘れるわけにはいかない。でもどういうわけか、まったく空腹を感じなかったので、夜の九時近くになるまで一日中何も食べていないことに気づかなかった。気持ちが高揚していたためだろう。高揚感は抑えがたかった。だから、シャワーをすませパジャマを着て、一日を終えることにする。明日が待ちきれない。

二〇一五年八月三日午前五時四十五分

今朝は目覚ましが鳴る前に目が覚め、アパートの屋上から朝日が昇るのを眺めた。昨夜はぐっすり眠り、一度も目を覚まさなかった。ただ、枕と爪の先に少し血がついていたので、寝ている間に包帯の下をかきむしったんだろう。すぐさまバスルームに向かい、穴を調べると、ありがたいことにまったく傷はついていなかった。順調に治りつつあるようだ。

二〇一五年八月三日午後一時十五分

幸福ホルモンのエンドルフィンが徐々に減ってきたせいか、単にうつの影響なのかはわからないけど、今朝からかなり多幸感が薄れてきた。エンドルフィンの減少とうつの両方のせいかもしれない。もしかしたらちゃんと食事を摂る必要があるのかもしれない。冷蔵庫に何か入っているはずだ。

二〇一五年八月三日午後九時

今日の昼以降の感覚が何であれ、どうやら一度きりのことではないらしい。昼食後しばらくは気分が高揚していたが、その後は午後から夜にかけてふだんの気分に逆戻りしていた。おもしろいことに、穴の脈動は気分によって速くなったり遅くなったりした。幸福を感じ前向きなとき、脈動は速くなる。うつが出ているときには、十秒に一回程度になるようだ。血圧と関係があるようなので、血圧に注意することにしよう。寝る前にジャンピングジャックの運動をやって、脈動が元に戻るか見てみることにする。血圧の上昇と気分の高揚に相関関係があるのはまず間違いない。

エクササイズを終えたところだ。脈動は変化なし。心拍数は上昇したが、気分はまだ落ち込んでいる。寝ることにする。

二〇一五年八月四日午前十一時

さっき目が覚めたところだが、気分はよくない。また穴をかきむしっていた。枕が血で染まり、爪と皮膚の間にかさぶたの欠片《かけら》が入っている。今晩は手袋をはめよう。それはともかく、気分はまだこの手術をする前とあまり変わっていない。露出している脳の表面が小さすぎて効果が長続きしないのではないだろうか。すでに開けた穴を広げる自信はないが、三センチほど離してもう一つ穴を開けるつもりだ。

二〇一五年八月四日午後十二時三十分

二つ目の穴には、問題が一つあった。すべて前回同様に処置したのだが、最後の小さな孔を開けるときに、最初の穴と今回の穴との間の頭蓋骨にヒビが入ってしまったのだ。ヒビの位置を確認するために残しておいた皮膚をはがさないとならなかったが、間違いなくヒビは入っていた。ヒビの入った骨をそのままにしておくかどうか決断が必要だったので、取り除くことにした。おかげで長さ八センチ幅三センチほどの楕円《だえんけい》形の穴になった。そこから膜をはがすのは難しく、ちょっと失敗して刃先を思っていたより深く滑らせてしまった。幸い、脳に痛みの受容体はない。一・五センチ以上は刃先を突っ込んでいなかったので、体には何の異常も起こっていない。ということは幸運に恵まれたにちがいない。そこは人が使っていないと言われている脳の九割の部分に相当する。そんなの都市伝説だと言われているのは知っているが、自分の身に起こったことに照らすと、その説もそれなりに真実であるにちがいない。

二〇一五年八月五日午前八時

一晩中、一度もひっかかなかった。脈動はあるが、最初のときのような強烈な脈動は穴の周りのどこにも起こっていない。気分は落ち込んだままだ。この際、正直に言うしかない。失敗だったんじゃないかと思っている。今回の処置自体は、真剣に取り組んだけれどあえなく失敗に終わった事例にすぎない。だからといって、失敗に甘んじる気はない。以前ならやめていただろう。それでジェンと喧嘩になっていたはずだ。そして、いつものしくじりの一つに加えて自分はそういう人間だと思っていただろう。でも今回は違う。最後までやりとげようと決意しているのだから、この処置によるやる気の増加はまだ大きいにちがいない。

二〇一五年八月五日午後八時

頭にさらに四つ穴が増えた。自分にそんなことができるとは思っていなかった。最後の一つを開け終えるまでに、あやうく意識を失いそうになった。そんなこともあろうかと、幸い手近に砂糖の小袋をいくつか用意しておいたので、元気を取り戻して処置を終えることができた。

目眩の問題は別にして、先に開けた二つより今回の四つはうまくいった。今回は頭の右と左を使い分けたのだ。左右の耳のすぐ上の位置だ。こめかみ部分の頭蓋骨は額よりもずっと薄いので、ドリルの振動は拷問《ごうもん》というほどではなかった。ただ、明らかに出血量は増えたので、失神しそうになったのもあながち理由のないことではない。そこら中に血をまき散らさないように、何枚も頭にタオルを巻いた。ありがたいことに、すごく血液が凝固しやすい体質なんだ。妙な表現だな。凝固体質って。

二〇一五年八月六日午前六時十分

座った姿勢で寝ていたが、新しい穴だけじゃなく、先に開けたほうの穴にも強烈な脈動を感じて目が覚めた。とはいえ、ちょっとした問題が生じていたのは二度目に開けた穴だった。細菌に感染したのかもしれない。かゆくてたまらないし、膿《うみ》が匂いはじめた気がする。どの穴もアルコールで消毒して清潔なタオルを押し当てたので、ともかく穴から膿が染み出してこないといいのだが。

気分はものすごくいい。初日ほどの高揚感はまだないが、その後の数日間に比べれば格段にいい。このところ、ジェンのことをしきりに考える。共通点がたくさんあった。動物のことをあれこれしゃべるのが楽しかった。よく妄想をふくらませて、金持ちだったらどんな変わった動物を飼いたいか言い合った。ジェンのお気に入りはサイだった。僕はカバだ。僕らの家の裏に湖があって、そこでコビトカバと赤ちゃんサイを遊ばせるのが夢だと僕はジェンに語った。コビトカバたちが遊び疲れると、僕らのいるテラスに呼んで、そこでカバとサイは寄り添って寝そべり、僕らは愛情を込めて二頭を見つめ、ジェンと僕もお互いに愛情のこもった視線を交わすという夢を。僕が自分をよくするためにこの処置をしたことを知ったら、ジェンはどう思うだろう。たぶんもっとやったらと言うだろうな。

二〇一五年八月七日午後十二時三十五分

また開けた。昨日は一日中、孔を開けていた。ドリルで孔を開けては切り取り、引っ張ってはめくっていた。世界を相手に戦っている気分だった。学生時代にコカインをやったときに近い感覚だが、その効果が続く時間はずっと長い。必要ならまた後で記録しておくが、さしあたり今日の最新情報を書き留めておく。

二〇一五年八月九日午前九時

このところ、どうしていたかって？　執筆だ。この前からずっと、自分でも書けると知らなかった話を百ページ分書いていたんだ。それを読み返すと、誰か別人の作品みたいに思える。まったく別の誰か、僕よりずっとちゃんとした誰かの作品みたいに。まったく知らない人のものみたいだ。
あまりよくないことだけど、どう見ても穴がいくつか感染している。一つの穴からは、悪臭のする灰色の液が染み出しているし、どの穴も全部かゆい。タオルでこすってひっかこうとしたら、破れて血液と透明な液が染み出してきた。風邪みたいに自然に治るはずだと思っていた。だけど、うつみたいに悪化すると悲惨なことになる。

二〇一五年八月十日午前七時四十分

寝ている間にかきむしった。ひどい以外にどう言えばいいかわからない。鏡に映る状態を形容するのは難しいけど、額と左側頭部の穴から見える脳の一部をかなり傷つけてしまったかもしれない。細い血管のように見える繊維から小さな破片がぶら下がっている。それを穴の縁から頭蓋骨の中に押し込もうとしたんだけど、強く押しすぎたせいでさらに悪化させたんじゃないだろうか。
ひとまず今日は、熊の姿が見える。

二〇一五年八月十五日午後四時十五分

さらに穴を増やした。頭は剃《そ》り上げた。髪の毛はもうないが、穴はさらに増えた。子どもの頃遊んだ、空洞で穴の開いたプラスチック製のウィッフル・ボールを覚えているだろうか。いつかジェンに、自分の頭がまさにウィッフル・ボールみたいに見えると伝えよう。ジェンは昔からベースボールと、僕の髪に触《ふ》れるのが好きだった。頭部の感染症は、熊が現れる前から悪化していた。今では、僕が寝ている間に熊は舌で、染み出したものを舐《な》め取ってくれる。ジェンは熊も大好きだ。熊とサイが。

毎朝、爪と皮膚の間を念入りにきれいにしなければならない。熊をなでると、手がすごく汚れるのだ。熊の毛を刈るのもいいな。そうすれば、自分だけはみ出し者だと思わなくてすむ。頭の脈動は快感で、四六時中強烈に脈動している。いい気分だ。眠っているときには、熊がしっかり舐めてくれる。

二〇一五年八チ十六日五〇〇〇

熊の耳のあたりをかいてやると、さらにぺろぺろと舐めてくれる。たくさん舐めてくれれば、それだけかゆみが減る。背中がかゆいとき、ジェンはよくかいてくれた。以前、僕がドア枠を使って肩甲骨《けんこうこつ》の間をかことしるのをジェンに見つかったことがあった。彼女は、僕のことを熊さんと呼ぶようになった。それは、熊が背中がかいいときにやる行動だから。

残りのスペースにさらに穴を開けて、六〇個にするつもりだ。ジェンは無理とちても、熊が誇りに思ってくれるように。

（倉田真木訳）

妄想患者

マット・ディマースキー

Psychosis
Matt Dymerski

MattDymerski.com のマット・ディマースキーはオハイオ州コロンバス在住のＳＦホラー作家で、クリーピーパスタ界のレジェンドといえる存在。数多くの作品を Amazon 上で自費出版している。現代の暮らしの中の苦悩や恐怖をテーマにした作品のほか、邪悪なロボットに支配されたり謎のクリーチャーに取り込まれたりする作品を発表している。

日曜日

どうして僕はパソコンじゃなく、紙にこんなことを書き留《と》めているんだろう。それは、ただちょっといくつか変なことに気づいただけだからであって、このパソコンを信用してないからじゃない。ただ……そう……考えをまとめる必要がある。細かいことを書き留めておく必要がある。実体のあるものに。書いたものが消されたり……変えられたり……とにかくそういったことが起きないようなところに。実際にそんなことがあったってわけじゃない。なんというか……何もかもがぜんぶぼんやりして、記憶に靄《もや》がかかっている。それがものごとを変なふうにゆがませているんだ……。

この小さなアパートの部屋がだんだんきゅうくつに思えてきた。そのせいなのかもしれない。引っ越す必要があって、てっとりばやく一番安いところを選んだ。それが、ただひとつだけあった地下の部屋だった。窓がなくて、昼と夜はいつのまにか過ぎていく。ここ

二、三日外に出ていない。プログラミングにかかりきりだった。とにかく終わらせてしまいたかった。何時間もぶっつづけで、すわって画面をにらんでいたら誰だっておかしくなるはずだってわかっている。でも、そのせいじゃない。

初めて何かがおかしいと思い始めたのはいつだっただろう。何がおかしいのかさえ、うまく言えない。しばらく誰とも話していなかったせいなのかもしれない。最初はそう思った。プログラミング中にいつもオンラインで話す友達は「離席」のままだったり、まったくログインした形跡がなかったりで、メッセージを送っても返事がなかった。最後に誰かとやりとりしたのは昨日だ。買い物から戻ったら話そうというEメールが友達から来たっきり。携帯電話で連絡してみればいいんだろうけど、この地下じゃ電波の受信状態は最悪で……。そう、それだ。誰かに電話すればいいんだ。外に出て電話をかけることにしよう。

まあ、あまりいい手じゃなかった。恐怖でぴりぴりした感じが消えてみると、そもそも怖がったことがバカらしく思えてくる。さっき出がけに鏡を見たけど、二日分伸びたひげは剃《そ》らなかった。電話をかけにちょっと出るだけだと思って。でも服は着替えた。昼食時だし、少なくともひとりくらいは誰かにばったり会うんじゃないかと思ったから。でもそんなことは起こらずじまいだった。会えたらよかったんだけど。

部屋の外に出ようと、ドアをおそるおそる開けた。小さな恐怖の種がいつのまにか僕のなかに根を下ろしていた。どうしてそうなったのか、さっぱりわからない。二日間ほど独《ひと》り言《ごと》しか口にしなかったせいだと自分に言い聞かせ、薄汚れてくすんだ廊下に目を凝《こ》らした。そもそも地下だからなおさら陰気に見える。反対側の突き当たりには、ボイラー室へと続く大きな金属製のドアがある。もちろん鍵がかかっている。しょぼくれた自動販売機がドアのそばに二台ある。引っ越したその日に飲み物を一本買ってみたら、賞味期限が二年前に切れていた。自販機がここにあることすら誰も知らないんじゃないか。それとも、けちくさい大家が補充する金すら惜しんだのか。

ドアを静かに閉め、ボイラー室とは反対側へ向かった。音を立てないように気をつけながら。自分でもなぜそうしたのかわからない。自動販売機の低いうなりをかき消してはならないという変な衝動に屈するのも愉快に思えた。少なくともその瞬間は。吹き抜けの階段から建物の玄関までのぼった。重い扉についた四角い小さな窓から外を見た僕は愕然《がくぜん》とした。どう見ても昼食時じゃない。建物の黒い影が外の通りをすっぽりと覆い、遠くの交差点は黄色の点滅信号になっている。街の明かりがたれこめた雲を紫と黒のまだらに染め上げる。風に揺れる街路樹を除いては、動くものは何もない。身震いしたのを覚えている。寒くもないのに。風のせいかもしれない。重い金属の扉のせいで、その音はほとんど聞こえなかったけれど、夜中に吹くあの奇妙な風だってことはわかった。見えざる無数の木々を揺らす音だけがいつまでも続くほかは無音のまま冷たく吹く風。

外に出るのはやめよう。

代わりに、扉の小さな窓まで携帯電話を持ちあげ、電波の強さを示す表示を確かめた。よし、三本立っている。笑みを浮かべる。やっと人の声が聞ける。そう思ってほっとしたのを覚えている。怖がるものなんて何もなかったのに、てんでおかしいよな。僕はかぶりを振って、声を出すことなく自分を笑った。親友エイミーの短縮ダイアルを押し、携帯電話を耳に押し当てた。呼び出し音が一回鳴って……止まった。何も起こらない。二十秒はたっぷりとそのまま沈黙に耳を澄ましてから電話を切った。僕は眉をひそめ、電波の表示をもう一度確かめる。やっぱり三本だ。もう一度エイミーに電話をかけようとしたところでベルが鳴る。ぎょっとした。通話ボタンを押す。

「もしもし？」そう声に出し、すぐさま何日かぶりに聞く人の声にびくつく気持ちを押し殺した。自分の声だっていうのに。建物の機械音、パソコン、廊下の自動販売機の低いうなりの音しか耳にしないことにあまりにも慣れきっていた。電話からは何の応答も聞こえない。しばらくたってようやく声がした。

「もしもし」歯切れのいい男の声が聞こえた。僕と同じ大学生くらいの声だ。「どちら様ですか」

「ジョンです」こんがらがった頭で僕は応えた。

「ああ、すみません。番号をまちがえました」男はそう言って電話を切った。

携帯電話をゆっくりと耳から下ろし、コンクリートブロックを積み重ねた分厚い壁に寄り掛かった。おかしい。着信履歴を確認してみたけど、知らない番号だった。それについて考えてみようとしたところで、着信音が大きな音で響いた。僕はまたしても身を固くした。今度は着信の番号を確認してから通話ボタンを押した。また知らない番号だ。携帯電話を耳に押し当て、僕は何も言わずに待った。ありふれた電話のノイズ音しか聞こえない。

「ジョン?」ひと言だけだったがエイミーの声だった。

すると、聞きなれた声がして、僕はほりつめた緊張を解いた。

「ああ、エイミーか」

僕はほっとして大きな息を吐いた。

「誰だと思ったの」エイミーが答えた。「ああ、番号ね。七番通りの家のパーティに来ているの。さっき電話もらった瞬間に充電が切れちゃって。他の人の携帯を借りたってわけ。見てのとおり」

「なるほど」

「どこにいるの」

くすんだ白い漆喰《しっくい》塗りのコンクリートブロックの壁と、小さな窓のついた金属の重い扉に目をやる。

「アパートの建物の中」僕はため息をついた。「息苦しくなってきたところだったんだけど、こんなに遅い時間だと思わなくて」

「こっちおいでよ」エイミーが笑う。

「やめとくよ。真夜中にひとりで、行ったこともない場所を探してうろうろしたくないからさ」そう言って窓から外をのぞく。音もなく通りを吹き抜ける風がひそかに、ほんの少しだけ僕をすくませる。「もう少し仕事するか、寝るか、どっちかにするよ」

「バカじゃないの」エイミーが言った。「迎えにいくから。だって七番通りからすぐ近くでしょ」

「どれだけ飲んだんだよ」僕の気分はちょっと明るくなった。「僕の家どこか知ってるだろう」

「もちろん知ってるわよ」エイミーは語気を強めた。「でも、歩きじゃ無理よね」

「三十分かかってもいいなら、歩きでもいいけど」

「そっか」エイミーは言った。「わかった。もう電話切らないと。仕事がんばって」

もう一度携帯電話を下ろした。番号を映した光が消え、電話が切れた。するとまた、鈍いうなりと沈黙が僕の耳を埋めた。奇妙な電話の着信が二回、そして薄気味の悪い外の通りのせいで、僕はがらんとした階段吹き抜けに一人きりでいるんだと強く思い知らされた。ホラー映画の見すぎだと思うけど、なぜだか急に、何かが窓から僕のことをのぞき見ているような気がしてきた。孤独の縁に漂い、群れから遠くはぐれた疑いを知らない人間に忍び寄ろうと待ち構える恐ろしい存在が。そんなのバカげているってわかっていたけれど、近くには誰も人がいなくて、だから……僕は階段を駆け下り、廊下を走って自分の部屋にとびこみ、音を立てないようにしながらもできるかぎりの速さでドアを閉めた。さっきも言ったけど、何もないのに怖がるなんてやっぱりバカみたいだ。なんだか怖くなくなってきた。こうやって書いていると、けっこう落ち着いてきた。何もおかしなことなんてない。書くことによって、もやもやとした形にならない考えや恐怖が取り除かれ、確固たる事実だけが残る。夜遅くに、間違い電話がかかってきて、エイミーの携帯の充電が切れ、他人の電話を使ってかけ直してきた。何もおかしなことなんてない。

それでもやっぱり、エイミーとの会話にはどことなくおかしなところがあった。酒のせいかもしれないとはわかっているんだけど……。いや、待てよ。エイミーそのものが変だったのか？　それとも……いや、そうだ。そうにちがいない！　この瞬間まで気づかなかったけど、こうやって書いているうちにわかった。書けばいろいろはっきりする。思ったとおりだ。エイミーはパーティに来ているって言ったけど、後ろから何もそれらしき音が聞こえなかったじゃないか！　もちろん、だからといって特になんてことはなくて、ただ外に出て電話をかけただけかもしれない。いや……それもおかしい。あの風の音が聞こえなかった！　まだ風が吹いているか確かめてこなくちゃならない。

月曜日

あのあとどうなったか書くのを忘れていた。階段を駆け上がって、あの重たい金属の扉の窓から外を見た。いったい何が見えると思っていたんだろうな。今思うとバカみたいだ。昨日の恐怖がなんだかぼんやりとした、まったく筋の通らないものに思えてきた。さっさと外に出て陽の光を浴びなきゃ。メールをチェックして、ひげを剃って、シャワーを浴びて、さあいよいよ外に出るぞ！　いや、待てよ……。何か聞こえた。

雷の音だった。陽の光を浴びて新鮮な空気を吸うってプランはおあずけだ。廊下に出て、階段を上がってがっかりした。重い金属の扉の小さな窓からは流れる水滴しか見えない。激しい雨が窓を打っていた。雨のおかげでガラスの向こう側からは憂うつそうな灰色の光しか漏《も》れてこないが、一応昼間だとわかる。分厚い雲に覆われた雨天ではあるけれど、それでも昼は昼だ。目を凝らし、薄暗い外を稲光《いなびかり》が照らしてくれないかと待った。けれど、雨はあまりにも激しく、見えるものと言えばただ窓ガラスを流れていく水滴が、いびつな形でありえない角度で動いているのがわかるだけだ。僕は肩を落とし、踵《きびす》を返した。でも部屋には戻りたくなかった。あてもなく階段をさらに上った。一階を通り過ぎ、二階も通り過ぎる。階段は次の階で終わる。この建物は三階建てだ。吹き抜け階段の壁についた窓は地下から三階まで続いているが、厚みのある歪《ゆが》んだ曇《くも》りガラスのせいで何も見えない。どうせ雨でろくに何も見えなかっただろうけど。

吹き抜け階段から廊下に続くドアを開けた。木製の厚い扉が十個くらい並んでいる。閉ざされた扉の青いペンキはとうの昔に色あせたようだ。廊下を歩きながら耳を澄ませた。雨の音しか聞こえなかったけど、そもそも真っ昼間だから驚くにはあたらない。ほの暗い廊下に突っ立って雨の音を聞いていると、一瞬妙な思いにとらわれる。忘れられた古代文明において人々が何かから身を守ろうと立てた御影石《みかげいし》のモノリスが静寂の中に並んでいる。扉がそんなふうに見えた。稲光の瞬間、色あせた青い扉の木目がたしかにごつごつした岩肌に見えたんだ。どうかしてる。僕は想像をふくらませすぎて冷静さを失いつつある自分を笑って、ふと気づいた。廊下が真っ暗じゃなくて稲光が入るってことは、どこかに窓があるんだ。記憶がぼんやり浮かんできて、はっと思い出した。この階の廊下のなかほどにある壁のくぼみにはめ込み窓があったはずだ。

雨の向こうの外の様子がわかるし、もしかしたら人の姿も見えるかもしれない。気がはやって速足で向かった。薄いガラスの大きな窓があった。窓ガラスを水滴がつたって流れている。玄関扉と同じだ。でもこの窓は開くはずだ。手を伸ばしかけて止める。これまでにも増して異常な恐怖にとらわれる。もしこの窓を開けたら、世にもおぞましいものが目に入るんじゃないか。ここ数日間、何もかもがおかしい……。そうだ。ある計画を思いついた。そこで、必要なものを取りにこの部屋に戻ってきた。恐ろしいものが外から入ってくるなんて本気で思っているわけじゃない。暇だし、雨だし、ずっとこもりきりで気が変になりかけているんだ。僕はウェブカメラを取りにきた。三階までどうしたってコードが届くわけがない。だから、地下廊下の突き当たりの暗がりにある二台の自動販売機の間にカメラを隠し、廊下沿いにコードを引っ張り、ドアの下を通して部屋へとつなぐ。壁にある黒いビニールテープで巻かれた配管に黒いガムテープを貼ってコードを隠した。ばかばかしいとは思うけど、他にいい方法はない……。

何も起こらなかった。廊下から吹き抜け階段へ続くドアを開けたままにしておき、意を決し、勢いをつけて玄関の厚い扉を大きく開き、それから脱兎《だっと》のごとく階段を駆け下り、部屋に飛び込んでドアを閉めた。パソコンに映し出されたウェブカメラの画像に目を凝らす。ドアの向こう側の地下廊下と吹き抜け階段がしっかり見える。今その画像をじっと見ているんだけど、変わったものは何も見えない。カメラの角度をもうちょっとずらせたらいいんだけど。玄関扉の向こうが見たい。おっと、誰かがオンラインになった！

昔使っていた機能の古いウェブカメラをクローゼットから取り出して、オンラインになった友達としゃべれるようにした。画像つきでチャットする理由についてはうまく説明できなかったけど、人の顔が見られて嬉《うれ》しかった。あまり長時間は話せなかったし、別に何を話したってわけじゃなかったけど、かなり気分がよくなった。あのおかしな恐怖もほとんど消えかけている。もう完全に大丈夫だといってもいいはずだけど、でもさっきの会話には何か……妙なところが……あった。何もかも妙だってさっき書いたけど……なんというか、あいつはあいまいなことしか話さなかった。……名前も、場所も、出来事も、決して具体的なことを言わなかった……でも、また連絡するからって僕のEメールアドレスだけは確認していった。待てよ、ちょうどメールが来た。

これから出かけるつもりだ。さっきのメールはエイミーからで、「いつものところ」で夕飯を食べようという誘いだった。ピザは大好きだ。待ちきれない。ここ数日ずっと冷蔵庫にあったありあわせのもので適当にすませていたから。またしても、この変な数日間のことがバカみたいに思えてきた。帰ったらこの日記も捨てなければ。おっと、またメールだ。

信じられない。もうちょっとでメールを読まずにドアを開けるところだった。もうちょっとでドアを開けるところだった。ほんとうにドアを開けるところだったけど、すんでのところでメールを読んだ！　長いこと連絡を取っていなかった友達からだった。同報メールの宛先にはめちゃくちゃな数のアドレスが載っている。アドレスを知っているやつ全員に送ったにちがいない。タイトルはなし。ただ、こう書いてあった。

やつらを信じるな。自分の目で見

いったいどういう意味なんだ。ぎょっとして何度も何度も読み返した。何か……が起こって、命懸けで送ったみたいな……。文章が途中で切れている！　これが別のときだったら、コンピューターウイルスか何かのせいで送られたスパムメールだと思ってすぐに削除しただろう……「自分の目で見」るまでは？　日記を読み直さずにいられない。ここ数日のことを振りかえって気づく。誰の顔も直接自分の目で見てもいないし、話してもいないことに。友達とウェブカメラで話したのだって、あまりに変だった。あまりにあいまいで、あまりに……奇妙だ。今考えてみると。奇妙だったか？　恐怖が記憶を脚色しているのか？　この日記に書いた出来事を順番にふりかえる。そして気づいた。自分が何も疑わずに口にした情報だけがあとから僕に提示されている。「間違い電話」を適当にかけ僕の名前がわかったその直後にエイミーから妙な電話がかかってきた。友達が僕のEメールアドレスを訊《き》いた……そもそも、僕から先に、オンラインになったそいつにメッセージを送ったんだった！　その数分後に初めてEメールが来た！　なんてことだ！　あのエイミーとの電話！　電話で言ってしまった。僕が七番通りから歩いて三十分以内のところにいるって！　僕が七番通りの近くにいるってばれた！　やつらが僕のことを探しているとしたら？　他の人間はみんなどこにいるんだ？　どうして何日も誰にも会えず、連絡も来ないんだ？

いや、ちがう。どう考えてもバカげている。まったくどうかしてる。落ち着かないと。頭がおかしくなりそうだ。何か手を打たなければ。

何をどう考えたらいいのかわからない。部屋の中をめちゃくちゃに走り回って、どこか厚い壁越しに携帯電話の電波が拾えないか、電話を持ちあげてあらゆるところを試した。ついに、狭いバスルームの天井の隅で電波を示すマークが一本ついた。電話を持ちあげながら、アドレス帳にある全員にメッセージを送った。僕の根拠のない恐怖が伝わらないように、ただこう書いて送った。

最近誰かとじかに会った？

そのときは、とにかく何でもいいから返事がほしかった。どんな返事でもいい。恥をかいたっていい。何度か電話もかけてみたけど、ほんのちょっとでも携帯電話を持つ手が下がると、電波が入らなくなる。そもそも、そんなに長時間上を向いていられない。そのとき、パソコンのことを思い出した。駆け寄って、オンラインになっている全員にメッセージを送った。ほとんど「離席中」か、あるいはパソコンの前にいないみたいで、誰からも返事が来なかった。僕は半狂乱になって書きこんだ。自分の居場所を書き、ほとんど意味をなさないような理由を山ほど書いて家に寄ってほしいと頼んだ。そのときは何も気にしてなかった。とにかく誰かに会いたくてたまらなかった。

それから部屋中をひっかきまわし、何か見逃しているものはないか探した。ドアを開けずに他の人間と連絡をとる方法はないか。頭がおかしくなっているって自分でもわかっている。何の根拠もないってわかっている。でも、もしそうだったら？　もしそうだったら？　とにかく念には念を入れなければ。誰かから連絡があるかもしれないから、携帯電話を天井にガムテープで貼りつけた。

火曜日

電話が鳴った！　昨日の夜、必死にあれこれしたあげく疲れて寝てしまったにちがいない。着信音で目が覚めた。バスルームに駆け込み、便座カバーの上に立って、天井にはりつけた電話をそのまま開いた。エイミーだった。すっかり気分がよくなった。エイミーは真剣に僕のことを心配して、最後に話したときからずっと僕と連絡をとろうとしていたらしい。こっちへ今向かっている。そして、そうなんだ。エイミーは言わなくても僕の居場所をわかっている。自分が情けない。誰かに見られないようにさっさとこの日記を処分しなくては。そもそも僕はまだ何でこんなもの書いているんだろう。たぶん、これしかコミュニケーションをとるものがないからだ。えっと……いつからだっけ？　忘れてしまった。身だしなみも最低だ。机に向かう途中で鏡に目をやった。目は落ちくぼみ、ひげは伸び放題、どこをどう見ても病人みたいだ。

部屋はぐちゃぐちゃだけど、片づける気にはなれない。どんな思いだったか誰かにわかってもらいたい。この数日間は完全に普通じゃなかった。僕は想像力がたくましいタイプじゃない。ありえない偶然が何度も重なったんだ。人と会うチャンスをたまたま逃し続けただけだ。まず、外に出ようとしたのが深夜だった。次は、みんな出かけている真っ昼間だった。おかしいところなんて何ひとつない。今ならわかる。それに加えて、昨晩クローゼットで見つけた物がすばらしく役に立った。テレビだ！　配線してすぐ、これを書いている。テレビはつけっぱなしだ。テレビはいつも現実を忘れさせてくれる。僕はテレビを見て、陰気なコンクリートの壁の向こうに、ちゃんと世界が存在することを思い出す。

死に物狂いになって連絡したなかで応えてくれたのがエイミーひとりでよかった。長年の親友だ。本人に言ったことはないけど、人生で心から幸せを感じた数少ない瞬間のひとつがエイミーと出会ったあのときだ。あの暑い夏の日が懐かしい。こうやって暗くじめじめした場所にひとりでいると、まるで別世界の出来事みたいに思えてくる。何日もあの遊園地に座っていたような気がする。もうそんなところで遊ぶ年齢じゃないから、ただしゃべって、何をするでもなく一緒にいた。今もまだ、あのときに戻れそうな気がする。この最悪の場所がこの世のすべてではなく、僕にはほかにも……。やった。ノックの音がする！

二台の自動販売機の間に隠したカメラに何の姿も映っていないのは妙だと思った。角度が悪かったんだろうと思った。玄関扉の窓から外が見えなかったときのように。気づくべきだった。気づくべきだったんだ！　ノックが聞こえたあと、自販機の間にカメラがあるからってドア越しに冗談まじりで叫んだ。ずっと妄想にとりつかれていた自分がきまり悪くなったから。叫んだあと、その姿がカメラに向かって近づいていくのが見えた。笑って手を振っていた。

「来たよ」カメラに向かって明るい声を出すが、その顔はひきつっていた。

「怪しいよな、ごめん」コンピューターのマイクに向かって言った。「怪しい数日を過ごしてたんだよ」

「そうみたいね。ドアを開けて、ジョン」

僕はためらった。本当にエイミーなのか？

「ちょっとだけ僕につきあってくれないか」マイク越しに伝えた。「僕らしか知らないことをひとつ教えてくれ。君が本当に君だって証明してほしいんだ」

その像がカメラに向かって訝《いぶか》しげな顔をする。

「えっと、いいよ」時間をかけて答え、考える顔。「もういい大人なのに、遊園地でばったり会った」

僕はほっと深く息を吐いた。現実感が戻ってきて、恐怖が消えていった。まったく、どこまでおかしくなっていたんだろう。エィミーに決まっているじゃないか！　あの日のことは僕の記憶の中にしかない。誰にも話したことはない。それは恥ずかしかったからじゃない。誰にも言いたくない変なノスタルジーと、あの頃に戻りたいという切《せつ》ない気持ちからだ。僕が恐れたように、得体のしれない何者かが死力を尽くして僕をだまそうとしたんだとしても、あの日のことを知っているわけがない。

「ははっ。そうだよな。あとでわけを話すよ」僕はエィミーに言った。「そこで待っててくれ」

狭いバスルームに駆け込んでできるかぎり髪を整えた。どうしようもない恰好《かっこう》だったけど、エィミーならわかってくれる。自分の信じがたい奇行を思い出し、はちゃめちゃな部屋を横目に忍び笑いをもらしながらドアへ向かった。ドアノブに手をかけ、最後にもう一度悲惨な部屋を振り返った。あまりにもバカみたいだと思った。食べかけのものが床に転がっている。ゴミ箱はゴミであふれかえっている。自分でも何を探しているのかわからないまま横に倒したベッド。僕は顔を戻し、ドアを開けようとした最後の瞬間、何かが目に留まる。古いウェブカメラ。それを使って友人と奇妙なほど中身のない会話をした。

無造作に転がされた黒い球みたいなカメラは音もなくじっとたたずんでいる。そのレンズは机の上の日記に向けられている。ぞっとして身の毛がよだつ。そのカメラで見ていたのなら、あの日のことを書いた文章を読んだのかもしれない。僕がふたりしか知らないことを訊《たず》ねたとき、そいつは誰も知らないと思っていたことを答えた……でも知っていたんだ！　読んだんだ！　ずっと僕のことを監視していたんだ！

ドアを開けなかった。叫んだ。怖くてたまらなくて叫ばずにいられなかった。床に転がるウェブカメラを踏みつけて壊した。ドアが揺れ、ドアノブがガチャガチャ回される。でも、エイミーの声は聞こえない。隙間風を防ぐ地下室のドアが厚すぎて聞こえないのか？　それとも、そこにいるのはエイミーじゃないのか？　エイミーじゃないなら、いったい何がずっとここに入りこもうとしているんだ？　そこにいるのは何なんだ？　外のカメラにはエイミーの姿が映っていた。スピーカーからは声が聞こえた。でもそれって本物なのか？　本物かどうかなんてどうすればわかる？　エイミーは去った。僕は助けてくれと声の限りに叫んだ。ドアの前にありったけの家具を積み上げた——。

金曜日

少なくとも、僕のなかでは金曜日だ。電子製品をすべて壊した。コンピューターもバラバラにした。どんな小さなチップだって外部からアクセスできる。さらには、もっと悪いことに書き換えだってできる。プログラマーなら誰だって知っている。これが始まってから僕がやつらに与えた情報はどれもこれも――名前も、Eメールも、場所も――僕が口にして初めて、外部から返ってきた。自分の書いたものを何度も読み返した。部屋の中を行ったり来たりしながら、この上ない恐怖にとらわれたり、不信感に打ちのめされたり、それを交互にくりかえす。得体のしれないものが僕を外へ連れだそうとねらいを定め、全力を尽くしている、それしかありえないと確信する瞬間もある。最初に戻って考えてみる。そもそもあれはエイミーからの電話で始まった。うまいこと言って僕にドアを開けさせ、外へ連れ出そうとしていた。

その場面を何度も頭の中で戻ってはたどる。気がふれた男そのものじゃないか、すべては恐るべき偶然の積み重なりにすぎないと言う僕もいる。ほんとうに偶然、人と会える時間に外に出ず、ほんとうに悪運が重なってひとりの人にも会えず、ほんとうに妙なタイミングでコンピューターウイルスか何かが意味のないメールをランダムに送った。でも別の視点で見ると、その恐るべき偶然の積み重なりこそが、外にいる何者かの魔の手を僕がかろうじて逃れている理由なんじゃないか。考え続ける。三階の窓を一度も開けなかった。建物の玄関扉を開けたのは曲芸じみたやりかたでカメラを隠した後で、それからすぐさま部屋に駆け込んでドアを閉めた。玄関扉を開け放ったあとは、部屋のドアを堅く閉ざし続けている。外にいるやつがいったい何だろうと、そいつは僕が建物の玄関扉を開けるまで一度も中に「姿」を現したりしなかった。もしかすると、そいつがこの建物にこれまで入ってこなかったのは、他のみんなを捕まえるためによそに行っていたからじゃないのか……。それからそいつは待っていた。僕がエイミーに電話をかけようとして、まだここにいるってことを明らかにするまで待っていたんだ。電話はつながらなかった。そのあとそいつが僕に電話をかけ、名前を訊ねた……。

この悪夢をなんとか筋の通ったものとして理解しようとするたび、恐怖が文字どおり僕の全身を覆いつくす。あのメールだってそうだ。短くて、途中で切れていた。あれは危険を知らせようとしていたんじゃないのか。親切な誰かが、僕がやつらの手に落ちないように知らせようとしてくれたんじゃないのか。「やつらを信じるな。自分の目で見」るまでは。僕が疑っていたまさにそのとおりだ。電子によるものをすべて巧みに操り、僕をだまし、欺《あざむ》き、外に連れ出そうとしているんだ。やつらはどうして中に入れないんだ？　ドアをノックしたのだから、何らかの実体は持っているはずだ。……あのドア……思い返すたびに、三階の廊下に並ぶドアが守護のモノリスとなって頭をよぎる。僕をかどわかそうとしている実体のない存在がいるとして、そいつらはドアを通り抜けられないのかもしれない。あらゆる本や映画の内容を思い出して、なんとかこの状況に説明がつきそうなものを考える。ドアは人間の想像力をさかんにかきたててきた。特別な重要性を帯びたポータルであり入口として。あるいは、ただ単にドアが厚すぎるだけとか？　この建物のドアはどう叩《たた》いてもへこみそうもない。地下の分厚いドアなんてもってのほかだ。その問題はさておき、そもそも考えなくてはならないのは、なぜやつらは僕なんかを手に入れたがっているのか、だ。もし殺したいだけなら、やりかたは山ほどあるはずだ。飢え死にするまで待ったっていい。殺したいわけではないのだとしたら？　はるかに恐ろしい目にあわせようとしているのだとしたら？　ああ、いったいどうすればこの悪夢から逃げ出せるんだ？

ドアを叩く音がする……。

ドアの向こうにいるやつらに、少し時間がほしい、そしたら出ていくと伝えた。こうして今日記を書いているのは、どうすればいいか考えをまとめるためだ。少なくとも今回はやつらの声が聞こえた。僕の妄想が、そう、自分でも妄想だってちゃんとわかっている。その妄想が、あの声は電子音によってつくられたものだとささやく。ドアの向こうにあるのはスピーカーだ。それを使って人間の声をまねしているにちがいない、と。やつらが声を使って僕に話しかけるまでそもそも三日もかかるだろうか？　そこにいるのはエイミー、警察官がふたり、精神科医らしい。三日かけて僕をどう説得するか考えたのかもしれない。精神科医の言い分はそれなりに説得力がある。すべていかれた誤解にすぎなくて、誰も僕をだましてドアを開けさせようとしていないと考えることにするなら。

精神科医は年配で、専門家らしいけれども気づかいの感じられる声をしていた。少し落ち着いた。自分の目で誰かを見たくてたまらない。医師が言うには、僕はサイバー精神病とやらを患っているらしい。「なぜだか届いてしまった」それらしいEメールによって、国中で何万人もの人が発症し、僕はそのうちのひとりだと言う。まちがいなく医師は、「なぜだか届いてしまった」と言った。不可解な方法で国中に広がったという意味で言ったんだと思うけど、どうしても疑わずにいられない。やつらはうっかり口を滑らせてしまったんじゃないか？　僕も「急性期症状」を呈した第一波のひとりで、他にも多くの人たちがまるで伝染病のようにおなじ恐怖症状を訴えているという。一度も会ったことがなくても。

「やつらを信じるな。自分の目で見」というあのメールを何とも筋の通った物語に仕立てあげている。僕の受けとったメールはオリジナルじゃなかった。コピーされどんどん広まったうちの一通だ。僕の友達も発症したにちがいない。妄想がつくりだした恐怖に駆られて知り合いすべてに警告しようとしたのだと医師は言う。僕も広めてしまったのかもしれない。友人やアドレス帳に載っている人全員にメールやメッセージを送った。そのうちの誰かが、僕の送ったメッセージのせいで今ごろ同じように発症しているかもしれない。どうとでも受けとれる内容の「最近誰かとじかに会った？」なんていうメッセージのせいで。医師は僕に「さらにもう一人失いたくない」と言った。僕のようなタイプの人間は頭がよく、それが身を亡《ほろ》ぼすと。あまりにもつながりを見つけるのがうますぎて、ないはずのところにさえつながりをつくってしまう。だからハイスピードな世界では僕らはたやすく妄想にとらわれると医師は言った。絶えず何かが変化し、人と人とのかかわりが次々と疑似世界上につくりだされるなかでは……。

これだけは医師に伝えなくてはならない。筋が通っている。すべてがすっきりと説明されている。いやもう、完璧な説明だ。何らかの意識をもったもの、生物、あるいは存在が僕にドアを開けさせ、僕を捕らえて死よりも恐ろしい目にあわせようとしているなんていう悪夢のような恐怖を捨てるに足る説明だ。医師の説明を聞いたあとじゃバカみたいだ。こうして飢え死にするまでここに籠城《ろうじょう》して僕以外のすべてをすでに捕まえているかもしれないやつらをいたずらにじらすだけだなんて。そんな説明を聞いたあとじゃ、こんな考えは妄想でしかないと思える。この空っぽの世界で生き残っているのは僕だけ。安全な地下の部屋に隠れて、想像もつかないほど狡猾《こうかつ》なやつらの手に落ちるのを拒み続け、やつらを困らせているなんて。僕が見た、聞いたすべてのおかしな現象を完璧にひとつ残らず説明している。すべての恐怖を手放し、ドアを開けさせるにじゅうぶんな、すばらしい説明だ。だからこそ、出ていくわけにいかない。

どうしてわかる？　何が現実で何がまやかしかなんて、どうしてわかるっていうんだ？　誰も気づかないうちに始まって広がったやつらの回線と電子信号がすべてをのっとっているんだ！　本物かどうかなんてわかるものか！　カメラからの信号、偽の映像、欺くための電話、Eメール！　壊れて床に転がっているテレビさえ、その映像が本物かどうかなんてどうしてわかる？　すべて信号で、電波で、光で……ドアが！　やつらがドアを打ち破ろうとしている！　入ろうとしている！　複数の人間が厚い木製のドアを打ち破ろうとする音なんてどれだけ巧妙な装置があればつくりだせるんだ？　少なくとも、僕はついにこの目でやつらを見るんだ……。この部屋にはもう僕を欺けるものは何も残っていない。この手で何もかも粉々にしてやった。まさか僕の目まで欺けないよな？「やつらを信じるな。自分の目で見」……待てよ。この命懸けのメッセージは自分の目で見るまでは信じるなと言っているんだと思っていたけど、まさか自分の目で見たとしても信じるなって言いたいのか？　なんてことだ。カメラと僕の目にいったいどれだけのちがいがあるっていうんだ。どっちも光を電子信号に変換する。おなじじゃないか！　僕はだまされないぞ！

絶対にだまされない方法を見つけるんだ！

曜日不明

紙とペンをくれと穏やかに頼んだ。来る日も来る日も、やつらからそれをもらえるまで言い続けた。もうどうでもいい。いったい僕に何ができるっていうんだ。両目をくり抜くって？　眼帯はもはや自分の一部になっている。もう痛くはない。たぶんまともに読める字を書けるのはこれが最後になるだろう。目で見て修正できない今となっては、字を書くときの手の動かし方を忘れていくだろう。こうやって書くのは自己満足みたいなものだ。……手書きの文字なんてもはや過去の遺物だ。この世に生き残っていた人々はもう死んでしまったにちがいない。……あるいは死よりもひどい目にあっているはずだ。

来る日も来る日も、詰め物がされた壁によりかかって座っている。やつらのひとりが水と食べ物を運んでくる。ときには優しい看護師、ときには冷淡な医師の皮をかぶってやってくる。闇に生きる今、僕の聴覚が研ぎ澄まされているのをやつらは気づいている。僕の耳に入る可能性に備えて、廊下での会話まで偽装している。看護師のひとりは、もうすぐ赤ん坊がうまれると話している。医師のひとりは、妻を交通事故で亡《な》くしたらしい。でも、どうだっていい。どうせすべてつくりごとだ。何もかもどうでもいい。でも彼女のことだけは、そうはいかない。

そこが最悪なんだ。自分ではほとんどどうすることもできない。そいつは、僕のところにやってくる。エイミーの皮をかぶって。その偽装といったら完璧なんだ。声だってそっくりだし、本物みたいに思える。生きた人間の頰《ほお》そっくりの物体の上を涙としか思えない複製物さえ流れる。そいつが僕を最初にここに引きずってきたとき、僕が聞きたい言葉をそのまま話した。僕を愛している、ずっと前から愛していた、どうして僕がそんなことをするのかわからない、今からだって遅くない、一緒に生きていける、だまされているって思いこむのをやめてさえくれればって言うんだ。エイミーは僕に信じてほしがっていた。……いや、ちがう。そいつが、自分は本物のエイミーだって、僕に信じてほしがっていた。もう少しでころっとだまされるところだった。本当に信じたんだ。かなり長い時間、自分がおかしいんだって考えた。でも、最後にはあまりに完璧すぎる、非の打ちどころがなさすぎて、あまりにもリアルすぎるって思った。エイミーの偽物は、はじめのうち毎日僕に会いに来て、それから毎週になり、最後には来なくなった……でもそいつがあきらめるとは思えない。我慢比べがそいつの次の作戦なんだ。必要とあらば、死ぬまで抵抗してやる。僕以外のみんながどうなったのかはわからない。でも、これだけはわかる。そいつは僕を欺く必要がある。もしそうなら、ほんとうにもしもの話だけど、僕がそいつらの野望をとげるうえでの障害物になっているのかもしれない。もしかしたら、エイミーはどこかに生きているのかもしれない。欺かれまいとする僕の抵抗の意思が続くかぎり、生かされているのかもしれない。僕はその希望にすがり、独房で身体を前後にゆすって時間をつぶす。何があってもあきらめるものか。くじけるもんか。僕は……勇敢な最後の生き残りなんだ。

医師は患者の書き散らした文章を読んだ。かろうじて読めた。目の見えない患者が震える手で書いた。その男の不屈の意志に笑顔を向けたかった。生き延びようとする人間がまだここにいる。だが、この患者の妄想は重度だ。

正気の人間ならば、もうとっくにだまされているはずだ。

医師は笑いかけたかった。何か勇気づける言葉をかけてやりたかった。叫びたかった。だが、頭蓋と眼を覆う神経線維がそうさせまいとする。医師の身体は操り人形のように隔離病室に進み、患者にもう一度声をかける。君はまちがっている。君をだまそうとしているものなんていないんだよ。

（山藤奈穂子訳）

樹の下の女

マイケル・マークス

She Beneath The Tree
Michael Marks

マイケル・マークスは「這いずる深紅」（p.11～）と「スピリット・ボックスから聞こえる声」（p.91～）に続き、3度目の登場。

僕が初めて本当の恐怖を感じたのは、あの樹の前だったと記憶している。祖父母の家の敷地の、あれさえなければ平坦《へいたん》な野原のちょうど真ん中に立つ、朽《く》ちかけた老木。長い幹はねじれて自らに絡みつき、節くれだった手のような枝を、まるで祈りを捧《ささ》げるみたいに灰色の空へと伸ばしていた。あんなのはただの樹にすぎない。少なくとも父はそう言った。だが僕にはちゃんとわかっていた。あれはただの樹ではなく……邪悪そのものだったのだ。当時から、あの樹は何かおかしい気がしていた。草も、その樹の半径一メートル以内に生えるのを拒んでいるみたいだった。寄りつこうとする動物もなく——黒ずんで枯れた枝の間にリスや鳥がいたためしはなかった。当時六歳の僕は樹の前に立ち、父と祖父が後ろで話をしている間、恐れおののきながらじっと見上げていたのを覚えている。

「あれは目障《めざわ》りだな、父さん」父がそう言って、こっちに数歩近づいてきた。「あの邪魔な樹を切っちまおうか」

その頃まだかなり元気で、ふさふさした黒髪が自慢だった祖父が、これには渋い顔をした。「あれは、おれが物心ついた頃からあそこにあるんだ。それに、別に誰の迷惑にもならんさ」

その一言でこの話題はおしまいとなった。祖父が「切らない」と言ったため、樹は残った。それから二十年そのままになっている。祖父が心臓発作で突然死しても、その後まもなく祖母ががんで他界しても、父と母が離婚しても、そして父がとうとう深酒のせいで死んでも、その樹は生き長らえた。樹はずっとあの場所で、この家を呪っている。僕にはずっとわかっていた。

父の死後、僕はその土地を受け継いだ。土地が父のものだった頃、手入れがまったくされていなかった。父は酒に溺《おぼ》れ、ほったらかしていたのだ。だから僕が来たときには、家は荒れ放題だった。また住めるようにするには修理が必要だったが、僕と恋人のクリスタルは家族向けの広い家を探していたので、この家は渡りに船だった。息子のジェフリーは四歳で、あの子にもっと大きな部屋や、遊べる広い裏庭を与えてやりたいと思っていた。犬だってやっと飼える――長年の夢だったが、僕の住んでいた狭苦しいアパートでは犬は禁止だった。

敷地を歩きながら、頭の中であれこれと計画を練ったものだった。この家をもとの状態に戻し、子供の頃の記憶にあるような家にするのに必要な、さまざまな色のペンキや木の廃材。そのとき、はるか遠くにあの樹が見えたのだった。地平線上の暗い影のような姿で、相変わらず祈りを捧げるように鉤爪《かぎづめ》のついた枝を空へ伸ばし、幹はなお朽ちてねじれていた。僕は家の壁にもたれて煙草に火をつけ、はるか彼方のそれをさも邪魔もののように見つめた。片目をつむり、親指で樹を隠してみる。樹がないほうが景色がいい。その瞬間、僕はそいつを切り倒すと決めた。祖父はそのままにしておきたがったかもしれないが。

入居に向けて家を修理するため、彼女と話し合って、僕が週末を祖父の家で過ごすことにした。兄のエディが週末に時間があれば手を貸すと言ってくれたが、少なくとも二週間は先になるとのことだった。伐採は兄が来てからにしようかとも思ったが、樹に再び目をやった瞬間、消えちまえと思った。

伐採後の木くずを運びだしやすいようにトラックをバックさせて野原に乗り入れ、作業に取り掛かった。チェーンソーが轟音《ごうおん》を立てて動き始めると、あのねじれた物体が恐怖にすくみあがるのが目に浮かぶようだった。その樹は僕が生きてきた年月よりも長く立っていた。こいつが空に祈りを捧げるのも今日が最後だ。防塵《ぼうじん》マスクで顔を覆い、回転する鋸《のこ》歯《ば》が樹の表面にめりこんでいくと強烈な満足感がこみあげてきた。黒ずんだ樹皮の欠片《かけら》と腐臭を放つおがくずが、こぶだらけのねじれた幹からはがれて飛び散った。黒い樹液のようなものが漏れ出して鋸歯にこびりついた。少量の樹液が飛び跳ねて顔に当たった。防塵マスクをつけていても匂《にお》いがわかった。すさまじい悪臭だ。一瞬、チェーンソーが動かなくなるかと危ぶんだが、エンジンは容赦《ようしゃ》ない力で前へ前へとチャーンソーを押し進め、鋸歯はほとんど苦もなく獲物をかみ砕いた。

樹を切り倒して細かく切り刻むのにほぼ一日かかったが、日が暮れてきて、腐って黒ずんだ木切れでトラックの荷台がいっぱいになったのを見れば、苦労のかいがあったというものだ。樹の跡に残ったのは、ねじれた節だらけのただの切り株だった。切り株には虫がうようよして、カビらしきものがびっしりとはびこっていた。引っこ抜くのは、後で手伝ってもらえるときにしようと思った。根っこがどれほど深く張っているかわかったものじゃない。トラックの運転席に乗りこんだ僕は、ひどく汚れて疲れていたものの、達成感をかみしめていた。うちから見える地平線からあのねじれた影がなくなったことを実感して、その夜は夢も見ずにぐっすり眠った。次の日は丸一日、母屋にかかりきりだった。やるべきことがたくさんあったので、一刻も無駄にしたくなかった。

おかしなことが起き始めたのは次の週末だった。

僕は屋根裏の片づけをしていた。そこはがらくたや古い家具であふれかえっていた。そのほとんどはまっすぐゴミ箱行きだったが、いくつかは慈善事業のリサイクル店に持っていくことにし、残ったごくわずかのものは取っておいた。収納ボックスのひとつ（古い写真のアルバムが詰まった箱）を移動させていたとき、アルバムが一冊てっぺんから落ちて、貼られていなかった写真が二枚、はらりと床に落ちた。僕は収納ボックスを来客用の寝室に置き――しばらくの間そこに保管するつもりでいた――落ちた写真を拾いに行った。それは祖父が若い頃の古ぼけた白黒写真だった。祖父はあのおどろおどろしい樹の前に立って微笑んでいる。祖母は祖父の傍《かたわ》らの根元に座っている。

裏に「一九四七年の秋」と書かれていたが、その下に奇妙なことが記されていた。「レ・カラ、レ・カラ、我らは終わりを求めない」

「レ・カラ」というフレーズに聞きおぼえがある気がして妙にひっかかったが、それがどんな意味かは見当もつかなかった。だが、僕を不快にさせたのは写真そのものだった。祖父の笑顔はやけに狂気じみていたし、祖母の笑顔はやけに不安げだった。もう一枚の写真を裏返し、目にしているものが何かわかるまでに数秒かかった。わかったとたん、吐き気《け》がこみあげてきた。

祖父が写っている。だが今度は祖母の姿はなく、祖父が一本のロープを持ち、そのロープは木にかけられてピンと張っている。ロープの反対側の端には犬がいる。首を吊《つ》られた状態で――たぶん祖父によって――死んでいるように見える。祖父はここでも狂気じみた笑みを浮かべている。つば広の帽子の下から輝く笑顔がのぞいている。

僕は写真を落とし、たった今見たものから後ずさった。それはあまりに悪趣味で、にわかには信じがたかった。祖父母はいつもとても優しかったのに、か弱い動物たちを殺して楽しんでいる祖父を見て反吐《へど》が出そうだった。僕は膝で体を支え、目の前の床に裏返しに置いた写真をながめた。その写真の裏面にもこう書かれていた。

「レ・カラ、レ・カラ、新たな終わりを受け入れろ」

僕はさっと写真を拾いあげると、もう二度と見たくなかったので、積み上げておいたゴミの山に向かってつかつかと歩いていった。写真を二枚とも箱のひとつに突っ込み、他のアルバムを置いてきた所へ戻って、アルバムの写真をびりびりと破き始めた。年代の異なる写真の束を少なくとも他に十組見つけた。祖父と祖母がひとつの写真に納まっているときはいつも樹の横でポーズを取っていて、そうじゃないときはいつも祖父が何らかの動物の首を吊って樹の枝からぶら下げていた。それはいつも犬というわけではなく、猫やヤギのこともあった。写真はそれぞれ何年の秋に撮影したものかで分類され、同じフレーズが二つのパートに分かれて記されていた。

「レ・カラ、レ・カラ、我らは終わりを求めない。レ・カラ、レ・カラ、新たな終わりを受け入れろ」

僕は写真を一枚一枚アルバムから引きはがし、くしゃくしゃにして、最初に見つけた二枚と同じ箱に詰めた。その後少なくとも一時間は、僕はショックで押し黙ったまま行ったり来たりを繰り返していたにちがいない。祖父母はいったい何をしていたのだろう？　カルトの儀式か何かだろうか？　あの樹があれほど邪悪で、不吉な感じがした理由がわかってきた。祖父母はなぜいつも、動物殺しに喜びを覚えている様子だったのか？　祖父母はあそこで、あの場所を穢《けが》す行いをしたのだ。

その夜、僕は写真を詰めた箱をトラックの荷台に放り込み、家に帰る途中のゴミ捨て場に投げ捨てた。写真があの樹と一緒に朽ちようと知ったことじゃない。いっさい関わりたくなかった。これで解決したと思った。そのまま立ち去り、このことは誰にも言わず、自分の生活に戻るのだと。だがそう簡単な話ではなかった。今となって思えば。

その週はずっとあの樹の悪夢にうなされた。祖父がロープをぐいっと引っ張り、動物たちを樹の上に吊るし上げながら、大笑いする声が耳に響く。そして絞《し》め殺される動物たちの甲高い悲鳴や哀れっぽい鳴き声も。目覚めるとびっしょりと冷や汗をかいていて、ぜいぜいと息を切らし、自分がどこにいるのか混乱した。あのフレーズが頭の中で再生された。「レ・カラ、レ・カラ、我らは終わりを求めない。レ・カラ、レ・カラ、新たな終わりを受け入れろ」恋人のクリスタルには、たぶんストレスのせいで悪い夢を見ただけだと言ったけれど、夢の中身は言わなかった。

あの家に戻るのは気が進まなかったが、写真の件はもう忘れろと自分に言い聞かせた。祖父母は僕が思っていたような人じゃなかった、あんなおぞましい残酷なことができる人だったと知って心がかき乱された。でも、祖父母がなぜあんなことをしていたのか、その答えはとうの昔に彼らとともに葬《ほうむ》られてしまった。樹は消え去り、樹とともに写真も消え去った今、あの家は僕のものだ。もう一度あそこで家庭を築き、新しい幸せな思い出で満たせばいい。僕は予定どおり、次の週末に兄のエディとあの家で会った。

それから二週間、僕と兄は週末になると順調に作業を進めた。兄と過ごすのは楽しく、手伝ってくれたおかげで家はあっという間に修復できた。三度目の週末、土曜の朝に家に行くと、兄が野原をじっと見つめてたたずんでいた。後ろから近づき肩に触《ふ》れたとたん、兄は驚いて飛び上がった。

「なんだよ、ダニー！　心臓が止まるかと思ったよ」と、放心状態から我に返ったように言った。

「ごめん。ぼんやりしてるように見えたからさ」

「ああ、宙を見ていただけさ」兄は声をあげて笑った。「年を取ってもうろくしてきたかな」

「そうだね、齢《よわい》三十にして。老人ホームに入る準備をしたほうがいいんじゃないか」兄はふんと鼻で笑い、冗談めかして僕の肩にパンチをくらわせると、野原に注意を戻した。「なあ……前にあそこに樹がなかったか？」兄が聞いた。「曲がりくねった老木で、ものすごく不気味なやつが」

僕は気分が沈み込んだ。この数週間というもの、家で兄と作業することがあまりに楽しかったので、あの樹のことも写真のことも考えずにいられたのに。「ああ、切ったよ」暗い声で答える。それ以上何も聞かれたくなかったし、兄も僕の顔からそれを読み取ったのだろう。

「そうか、せいせいしたな。気持ち悪かったもんな」兄は僕に微笑みかけた。「仕事に戻るとするか」

その後は、前の週末に取り壊した裏のウッドデッキの作り直しに費やした。ウッドデッキは腐って壊れかけていた。何度目かの煙草休憩のとき、兄がビール瓶の栓《せん》を開けて差し出した。僕はお返しに煙草に火をつけて手渡した。兄は煙草を吸いこむと少しむせてから、ビールを勢いよく飲んだ。

「おれが煙草を吸ってること、うちのやつに言わないでくれよな」そう言ってもうひと口吸った。「マーラに殺されちまう」

「秘密は守るよ、兄さん」僕は笑って自分の煙草に火をつけた。

「ところで、クリスタルと甥《おい》っ子は明日来るのか」

「うん！　クリスタルは家を見て回りたがってるし、僕も週末の間ずっと息子と離れているのにはうんざりだからね。ふたりを案内するのがいいと思って」実のところ、それが自分の本心なのか定かではなかった。家全体がまだ不気味な雰囲気《ふんいき》をかもしだしていて、無視しようとしても、心の奥では不安にむしばまれていた。

「おれたちがガキの頃から、この家にはおかしな雰囲気が漂ってた」兄がだしぬけに言った。まるで野原を透《す》かし見るかのように裏庭のフェンスを見つめている。

「何の話だ」僕はまたビールをごくごくと飲んで、瓶底越しに片眉を上げてみせた。

「ただ……なんとなくさ」兄は声を落とし、こちらに注意を向けた。「おまえが修理してくれてよかったよ、ダニー」

ふたりともビールをほとんど飲み終えるまで、しばらく黙って座っていた。兄は瓶に残った最後のひと口を飲み干し、唇を舐《な》めた。

「レ・カラ、レ・カラ、新たな終わり」兄はそう言うと笑顔で振り向いた。僕はローンチェアから飛び上がり、ナイフを突きつけられたかのように後ずさりした。

「おい、ダニー！　短パンにハチでも飛んできたのか」兄は笑いながら言った。

「なんでそんなこと言うんだ？」いまや僕は椅子をバリア代わりにふたりの間にはさんで立っていた。

「おまえが頭のおかしいやつみたいに飛び上がるからだろ」兄は答えて、一歩近づいてきた。「大丈夫か？」

「ハチじゃないよ、この野郎。その前になんて言った？」僕は後ずさりしながら、ビール瓶の首を逆手にかまえた。

「新たな休憩の終わり――って言ったんだよ。いったいどうしたんだ？」

僕は態度をやわらげ、椅子の背もたれに寄りかかった。幻聴が聞こえたという可能性はないだろうか？　それはありえる。あのフレーズが頭に刻みこまれてしまったような感じだ。ただの聞きまちがいだったのかもしれない。なんでもないのに大騒ぎした自分がバカだったんだ。そう思うことにした。僕の知るかぎり、兄はここで起きたことを何も知らないし、知らないままでいて欲しかった。

「なんでもない……」兄を見上げ、無理やり微笑んでみせた。「ずっと働きづめだったから、幻聴が聞こえたみたいだ」

「幻聴とは心配だな」兄の顔は心配そうに紅潮していた。本当にうろたえているのが見て取れた。気分が落ち着いたので、僕は残ったビールを飲み干すと兄のそばに行って肩を叩《たた》いた。

「心配いらないよ」こんどはさっきより自然に笑顔になれた。「バカな弟を持ったものだね。さあ、仕事に戻ろう」

僕たちはひたすら作業に打ち込んだ。その日の残りを使って、裏庭のウッドデッキをどうにか全部作り上げた。何度か休憩を取ったが、その間ほとんどずっと不安な静けさが流れていた。とにかくクリスタルと息子に会いたかった。そうすれば、つまらない妄想が引き起こした不安が薄れてくれるかもしれない。兄はその日の作業を終えるとまもなく、ソファーで寝落ちし、それから二階の寝室で眠った。

本当なら、僕はその晩あの樹の夢を見ていただろう。まちがいない。午前四時少し前に眠りを妨げられていなければ。

ふと目を覚ますと、人影がベッドの上からこちらをじっと見下ろしていた。僕はパニック寸前で、急いでクローゼットにしまってある祖父の古い十二番径の散弾銃を取りに行こうとしたが、まもなく目が慣れてきた。人影は兄だった。まるで生気がすっかり流れ出てしまったような顔つきだった。

「兄さん？」僕は眠い目をこすりながら訊《たず》ねた。「何だよ？　どうかしたのか」

「樹の下の女が、おまえがしたことへの報復を求めている」

僕は兄に向かって片眉を上げてみせた。まだ寝ぼけていて、状況がまったく呑《の》みこめない。どういう意味なのかと訊ねる前に、兄が再び口を開いた。

「レ・カラ、レ・カラ、終わりを求めるべきじゃない。あの女におまえを渡したくないが、残念だ」

胃がキリキリと痛んだが、僕は上掛けを後ろへ跳ねのけてベッドから飛び出した。だが片足が床につく前に、エディが思いもよらないほどの力で上にのしかかっていた。ヘビのようにからみつき、前腕を万力のように僕の首に押しつけてくる。僕は息も絶え絶えにひじを振り回して逃げようとしたが、こちらがもがけばもがくほど、相手はきつく締めあげてきた。そのとたん目の前が暗くなった。

再び目を覚ますと、土と湿ったカビの匂いがした。ぼやけた視界を薄明かりが横切り、僕は咳《せ》きこみながら弱々しく膝をついて立ち上がろうとした。遠くからくぐもった音が聞こえてきた――兄の声だ。続いてクリスタルの声。呼びかけようとしたが、喉《のど》が詰まってむせただけだった。どうにか立ち上がったものの、それまで大量の煉瓦《れんが》の下敷きになっていたような感覚だった。目が慣れてきて視界がはっきりしてくると、そこが家の地下室だとわかった。

突然クリスタルの極端に短い悲鳴が聞こえたかと思うと、何かが床にぶつかる音に遮られた。続いて息子が泣き叫ぶ声がした。その瞬間、再び力がみなぎってきて、僕は地下室の階段を全速力で駆け上がった。兄たちが玄関を出て野原へ向かううちに、息子の泣き声はすでに聞こえにくくなっていた。

僕はかすれた声で兄の名を叫びながら、全体重をかけて地下室の扉に体当たりした。とても長い時間に感じた。この古い扉が、どうして僕の肩よりもこの衝撃に持ちこたえているのだろう。体当たりをし続けて十分は経っただろうという頃、ついに木材の裂ける音が聞こえた。スライド式の錠が粉々に割れ、扉がばたんと開いた。ためらいもせずに身を投げ出して角を曲がり居間へ飛びこむと、床に気を失ったクリスタルが倒れていた。頭から血を流してはいるものの生きていた。息子を助けなくては。兄の言葉が頭の中で鳴り響いていた。

「樹の下の女が、おまえがしたことへの報復を求めている」

兄が異様な笑みを浮かべて息子の首を吊り上げているイメージが不意に襲《おそ》ってきた。なぜだか、それが今まさに起きようとしていることもわかった。だがそんなはずはない。この手であの樹をちっぽけな小片に切り刻んだのだから。仕方なくクリスタルのそばを離れ、二階へ駆け上がってクローゼットから散弾銃を取り出した。息子のこととあっては、運に任せるつもりはなかった。

野原を見渡す窓を横切るとき、兄が息子のジェフリーを抱えて野原へ向かうのが見えた。だが見えたのはそれだけではなかった。僕の血を凍りつかせるもの。あの樹が視界にとびこんできた。

雲が低くたれこめた空を背景に浮かび上がる黒い輪郭。節くれだった幹と祈りを捧げるように伸ばされたねじれた枝……昔のままだ。なぜだろうと考えている時間はなかった――何もかもわけがわからない。だが息子に何が起きようとしているのかはわかっていた。

僕は急いで散弾銃をつかみ、弾薬がこめてあるのを確かめると、家から飛び出した。

相手のほうが先に樹の所に着いていた。兄は太い枝のひとつにかけておいたロープをジェフリーの首に巻きつけた。銃を向ける間もなく、兄はロープを肩に担いで引っ張り、ジェフリーの首を吊り上げ始めた。僕は二連式散弾銃を構え、まっすぐ兄に向けた。

「今すぐジェフリーを降ろせ、兄さん！」僕は叫んだ。声はまだかすれ、一言発するたびに喉に痛みが走った。

「おまえのためなんだよ、ダニー！　レ・カラ、レ・カラ、おまえの終わりは望まない」

兄は僕の頭に浮かんだイメージのように微笑んではおらず、その顔を涙が伝い落ちていた。

「彼女がおまえの血をよこせと言っている。こうするしかないんだ！」

「これが最後の警告だ！」僕は兄に近づいた。失敗は許されない。両方の銃身の撃鉄を起こす。ジェフリーが空中で激しく両足をばたつかせている。小さな靴が片方、地面に転がった。「降ろせ！」

今度は僕が涙を流す番だった。引き金を引きたい衝動に乗っ取られたような気がした。頭の中で女の声がした。「レ・カラ、レ・カラ、やりなさい」それはささやき声にすぎなかったが、僕の思考を操っていた。初めてその樹を見たときとまったく同じように、僕は真の恐怖に捕らわれて樹を見上げた。

「彼女はおまえに生贄《いけにえ》を要求しているんだ！」兄は顔と声を狂気に歪《ゆが》ませて叫んだ。「レ・カラ、レ・カラ、新たな終わりを受け入れ……」

僕が引き金を引くとともに、兄の声は散弾銃のとどろく銃声にかき消された。

その後のことは断片的にしか覚えていない。覚えているのは、泣き叫ぶ息子を地面から抱き上げて家に連れ帰ったこと。クリスタルが駆け寄ってきて、うろたえた表情を目に浮かべて僕の腕から息子を引きはがしたこと。僕が警察と救急車が到着する前にへたりこんでしまったこと。クリスタルの話では、警察は僕に事情を聞けなかったそうだ。それというのも、どうやら僕が「あれ」がそこにあるわけがない、この手で細切れにしたんだから、と言い続けていたせいらしい。

あの樹にまつわる真実をクリスタルに話す気にはなれなかった。彼女や他の人びとの知るかぎり、兄は気が触れたことになっている。それが真実だと信じられたらいいのに。そうすれば、兄を殺した上に名誉を傷つけたことに対するみじめな自己嫌悪も多少は薄れるだろう。間違いなく、どちらも僕がやったことだ。兄を止める方法は他にもあったはずなのに。その方法を何度も考えぬいた。引き金を引いたのは、パニック状態に陥っていたからで、正気じゃなかったからなのだと自分に言い聞かせる。けれど本当は知っている……それはエディがそう呼んだ「樹の下の女」のせいだったことを。女は僕から生贄を得たのだ。血と人間らしさの両方を。

僕はもう二度とその樹を切ろうとはしなかった。それどころか、あの古い家を朽ち果てるがままにすることにした。売却も拒み、二度と近づくこともない。あんな家など、不慮《ふりょ》の事故か何かで焼け落ちてしまえばいいのにと願い続けている。だがそんなことは起こりそうもない。

たとえ起きたとしても……あのいまいましい樹は残り続けるだろう。節くれだってねじれた枝を空へ伸ばし、その樹が仕える力が何であれ、その力を讃《たた》えて。


（岡田ウェンディ訳）

スマイル・モンタナ

アーロン・ショットウェル

Smile. Montana
Aaron Shotwell

アーロン・ショットウェルは「無名の死」（p.137 〜）に続き、2度目の登場。

もう逃げるのはうんざり。被害を食い止めようと奮闘するのもうんざりだ。こんな苦しみは、誰も味わうべきじゃない。あの邪悪な、人間のような笑顔。威嚇する目。手招きする手。毎晩同じ画像が、同じ悪魔が「拡散しろ」と迫ってくる。わたしはあなたたちみんなを守ろうとした。本当よ。でも結局あいつの勝ちだった。わたしの手に負える奴じゃない。疲れ果てて、もう限界だ。

その類《たぐい》の話を聞くのは、メアリー・Eの件が最後であってほしかった。あのメールと添付の画像ファイルを削除した時点で、すべてを忘れてしまいたかった。好奇心は満たされなかったが、そうするのが最善だった。あの画像の背後にいる化け物が本物だとしたら、スマイル・ドッグが実在するとしたら、わたしは誘惑に逆らえなかっただろう。自分の身を守るために、疑うことを知らない、哀れな人々をあいつへの生贄《いけにえ》にしたことだろう。それがわかっていた。だからこそ、その場ですぐに手を引いたのだ。あいつが追いかけてくるなんて夢にも思わなかった。

わたしは学校を卒業すると、本格的にジャーナリズムの道に進むため、手持ちカメラ一つを手に故郷を離れ、志望するニュース局の目に留《と》まるようなものを映像として収めようとしていた。何か足がかりが必要だった。将来、もっと大きなものにつながるものが。自分の運命を探しもとめて、一年ほど街から街へと転々としていたわたしを、あいつは最もトラウマになる方法で見つけ出した。わたしはもう少しで殺されるところだった。

州間高速道路九〇号線のサウスダコタとモンタナの区間で、背筋が凍りつくような光景を目撃した。一台の大型トレーラーが横滑りして高架道路橋の柵《さく》を越え、対向車線に落下したのだ。トレーラーは真っ逆さまに地上に激突し、わたしの車から数メートル先でねじれた金属の山となった。あのとき急ブレーキをかけていなかったら、生き長らえてこの話をすることもなかっただろう。今になって思えば、かえってそのほうが良かったかもしれないが。

わたしは運が良かったものの、あまり幸運とは言えない人たちもいた。トレーラーが甲高い音を立てて南東方向に向かう車線に突っこんだとき、近づいてきた一台のSUVが時速百四十キロを超える速度で次々にトレーラーの残骸に激突したのだ。彼らには反応する時間すらなかった。一瞬の出来事で、生存者はゼロだった。

ぼんやりとそこに座ったまま何時間も経ったような感覚で、自分が生きているのかどうかもよくわからなかった。サイレンの音が近づいてきて、放心状態から現実に引き戻された。決してほめられたものではないが、わたしはここぞとばかりにそのチャンスをつかんだのだった。目の前の光景に何度も吐き気《け》がこみ上げてきたけれど、事故現場周辺をしばらく歩き回り、できるかぎり何もかもビデオに収めた。運転席のひん曲がった血まみれの遺体、つぶれたボンネットから立ち上る黒煙、燃え上がる炎の熱い煙霧……そして次の瞬間、それが目に留まった。

トレーラーの運転席側のドアは蝶番《ちょうつがい》からもぎ取られており、ドライバーはひっくり返った運転席にあおむけに倒れ、片方の腕を道路へ向けて投げ出していた。それは、彼の指のすぐ先にあった。片隅にサインがあり、血が飛び散っていた。古びたフロッピーディスクのラベルに文字が走り書きされていた。「拡散しろ」。わたしは啞然《あぜん》とし、メアリーの最後の言葉が脳裏にまざまざとよみがえった。

このときはまだ何を信じたらいいのかわからなかったし、長い間メアリーの夢に出てきた化け物が、そのフロッピーディスクに入っているのかどうかもわからなかった。単なる偶然の一致という可能性もあったが、用心するにこしたことはない。わたしはそのフロッピーディスクを拾い上げて、一台目のＳＵＶのエンジンから上がる炎の中に放り込んだ。

この悲劇の背後にスマイル・ドッグがいるとしたら、これ以上生贄をさしだすわけにはいかなかった。

そのときの映像は、わたしが待ち望んでいた突破口となった。あるローカル・ニュース局のディレクターがその映像に高い関心を示し、予想以上に報酬をはずんでくれたのだ。なんだかんだ言っても、血なまぐさいものは視聴率が取れる。ディレクターは、今後も連絡を取るよう促《うなが》し、君は成功するよと言った。わたしはほろ苦い気分だった。とくにその映像が放送されたときには。

後になって、あのトレーラーのドライバーは酒や薬の影響下にはなかったことがわかった。車の機械系統にも故障はなかった。ドライバーに自殺未遂などの過去もなかった。彼の死は不可解だった。事故を起こしたのは確かに彼だが、その理由は誰にも思い当たらなかった。でも、わたしにはわかっていた。他にもっと筋の通った理由がないということが、あらゆる疑問を払拭《ふっしょく》したのだった。あれは、彼にとって悪夢から逃れるための唯一の方法だったというわけだ。

あいにく、スマイル・ドッグの呪いに出くわすのは、それが最後ではなかった。どうやら血なまぐさいネタは定職に就くための登竜門らしく、わたしはディレクターが求めるものを差し出すことにした。フリーランスとして実力を示せば、きっと社内に職を得られると思った。先のことは誰にもわからない。レポーターか、はたまたキャスターか。可能性は無限だ。そこでわたしは警察無線機を購入し、仕事に取りかかった。

　半年ほど仕事をした頃、またしてもあいつはわたしを見つけ出した。今回はモンタナ州ビリングズの、飛び降り自殺者の後ろポケットの中だった。その一週間後、同じくモンタナ州のホワイトフィッシュで、走行中の車に飛び込んだ女性のハンドバッグのそばに転がっていた。その次が二、三日後、コンビニの店主がショットガンを自分の口にくわえて引き金を引いたのだが、その店のカウンターに置かれていた。わたしは見つけたフロッピーディスクをすべて破壊したが、フロッピーディスクはその後も現れつづけた。

　あいつに後をつけられていると確信したのは数週間後、自宅の玄関先に包みが届いたときだった。差出人の住所に心当たりはなかったが、それが何であるかはわかった。それは箱の中でカタカタと音を立て、他の人たちの命を奪ったように、わたしの命を奪おうと待ちかまえていた。そうはさせるものか。わたしはフロッピーディスクを箱から取り出すと、熱したフライパンに放り込んだ。プラスチックはみるみる丸まって溶けていき、悲鳴を発した。メアリーの夫、テレンスに向かって発したように、それはシューッという、死にかけた動物の苦痛の声をあげた。血も凍るような音だった。

　それからしばらくは平穏な日々が続いた。あいつがあきらめて引き下がったのだと思ったわたしは、ニュース局と信頼関係を築くまでになり、その土地に腰を据えようとしていた。やっと生活が安定してきたように思えた矢先、実家の母から電話がきた。元気にしてるかと思って、と母は言い、行きつけのブリッジクラブや父の体調の話でわたしを死ぬほど退屈させた——いつものことだった。そのとき、母が心底ぞっとする質問をした。

「ねえ、『拡散しろ』っていうのは、何か意味があるの？」

わたしは心臓が飛び出しそうになった。「な、何？　なんの話？」

「今朝、郵便受けにこの四角い小さなプラスチックが入っていたの」母は言った。「梱包《こんぽう》も何もしてない。何なのかさえわからないわ。で、さっきの言葉が書いてあるの。何か知らない？」

わたしは恐怖で口ごもった。「し……知らないわ、ママ。きっとただのいたずらよ。捨てちゃって」

「でも、何なのこれ？」

「いいから捨ててよ、ママ！」わたしは声を荒らげた。母は、わたしの声に激しい動揺を聞き取った。

「どうかしたの？」

わたしはふうっと息を吐きだし、額の冷たい汗をぬぐった。「ええ……まあ……大丈夫よ、ママ。とにかくそれは捨ててね、わかった？　心配しないで」

母はそれ以上追求せず、ありがたいことに弟の新しいガールフレンドの話に話題を切り替えた。この化け物、スマイル・ドッグは、いまや何千キロも離れたわたしの大切な家族を脅かしていた。そいつは怒っていて、家族を通してわたしに嫌がらせをしようとしていた。家で一番のパソコン音痴を最初のターゲットにしてくれたのはけっこうだが、そこに意味があるのかもしれない。確信はないけれど、これはきっと警告だ。だが、次に誰かが狙われるのを待つつもりなどない。決着をつけなくては。

幸い、先日フロッピーディスクが入っていた箱は、まだアパートメントの外の大型ごみ容器の中にあった。差出人の住所をたどると、リビングストンにある使われていない保管施設だった。わたしはボルトカッターとガソリン二十リットルを携《たずさ》えて、車を走らせた。そこに何があるのか知らないが、もう絶対に誰も死なせはしない。メアリーがたどった運命からあとひとりでも救えるのなら、そこを丸ごと焼き払ってしまおう。

表門を過ぎたところに車を停めるとすぐ、案の定スマイル・ドッグが行き先を示していた。一列目の端にある、A一五番倉庫の扉のすぐ外にフロッピーディスクが一枚置かれている。近づくにつれ気温が下がるのを感じ、扉の向こう側からかすかなホワイトノイズが聞こえてきた。それが何であろうと、この悲惨な連続自殺の黒幕が何であれ、すぐ先にいるのだ。わたしはそれを感知できた。錠前を切断し、かなりためらいながらも、扉を持ち上げた。このことは悔やんでも悔やみきれない過《あやま》ちだ。

スマイル・ドッグが、とうとうわたしの命を要求したのだ。はるか向こうの壁ぎわに置かれた机の上の古ぼけた小さなモニターから、身の毛もよだつ画像が闇を貫くように浮かび上がっている。その目をじっと見つめると、画面からそいつの悪意がふつふつと煮えたぎっているのを感じ、真っ赤な手に思考を捕らわれたと思った瞬間、膝がくずおれた。痙《けい》攣《れん》発作がおこり、体に拷《ごう》問《もん》のような痛みが走るとともに、壊れたスピーカーからホワイトノイズが大音量で流れ始めた。わたしはそのまま意識を失った。

気がついたときには、モニターはどこかへ消えていた。それが置かれていた場所と床一面には、何百、何千というフロッピーディスクが散乱し、そのすべてに「拡散しろ」という不気味な指示が記されていた。その後のことはよく覚えていない。ただ怒りに我を忘れてブチ切れた。でも、燃えさかる炎とガソリンのいやな臭いは覚えている。そして、燃える様子をよく見ようと近づきすぎて、眉毛を失ってしまったことも。

だがもちろん、それで終わりではなかった。それはわかっていた。わたしはなるべく眠らないようにした。コーヒーの効き目が切れると、コカインに頼った。だがとうとう見つかってしまい、スマイル・ドッグは焼きごてのような熱さで頭の中にもぐりこんできた。

そいつはメアリーにしたように、トレーラーのドライバーにしたように、拡散しろとひと晩じゅう迫った。

なんて貪欲《どんよく》な化け物だろう。とても話が通じる相手ではない。拡散するしかない。さもないと死ぬまであいつに苦しめられる。そして今度は、わたしの家族の前に現れるだろう。友人のところにも。あいつは止まらない。言うとおりにしないかぎり、決して止まらないのだ。

今夜わたしはニュース局に侵入した。彼らの編集ソフトを使って、故郷の家族の元へ帰還する兵士たちの、心温まる映像のほんの一部に手を加えた。それで充分なはずだ。何が起こるかわからないが、そばで見届けるつもりはない。それが放送される頃には、わたしはこの国を発《た》っている。どうかわたしを探さないで。謝ってすむことじゃないけど、こんなはずじゃなかったの。ごめんなさい。

（岡田ウェンディ訳）

殺人者ジェフは時間厳守

ヴィンセント・V・カーヴァ

Jeff The Killer: Right On Time

Vincent V. Cava

ヴィンセント・V・カーヴァはクリーピーパスタ界で最も有名な作家のひとり。カリフォルニア州ロサンゼルス出身。

この三週間、女を観察してきたので、一日の行動パターンはすっかり頭に入っていた。

AM七：三〇　起床しシャワーを浴びる。

AM八：〇〇　車でスターバックスに向かい、トールラテをダブルショットで注文。

AM八：三〇　職場に到着。休憩室で十分ほどおしゃべり。

AM一一：四五　ランチ。たいていデスクで、コブサラダかシーザーサラダ。

といった具合に。

チョロいもんだった。女が習慣の奴隷だってことはすぐわかった。判で押したみたいに行動パターンを変えない人種なのだ。おかげで彼の思う壺《つぼ》だ。行動を予測しやすいので、殺害計画を練るのにさほど手間はかからなかった。その晩、盗んだセダンを女のメゾネット式のタウンハウスの前に停め、腕時計を見た。

PM一〇：三五

この時刻なら、その晩観《み》る予定のテレビ番組を観おわったところだ。録画しておいたくだらないリアリティ番組だろう。そう心の中で思った。今はおそらく歯を磨いているところだ。じきにシャワーを浴びてからベッドに入る。ただし、ここでにやりとしてみる。女がベッドにたどり着くことはない。あとわずか数分で、細部まで練った計画のすべてが実を結ぶのだから。

女は当然の報いを受けるまでさ、と自分に言い聞かせた。手にかけた女たち全員がそうだ。もっとも、こっそりつけ回した挙げ句に殺害した女たちから直接何かされたことは一度もなかった。だが、問題はそこじゃない。ああいう女どもには反吐《へど》が出るんだ。二十代後半から三十代前半の独身のキャリア女どもには。仕事が忙しくて真剣なお付き合いをする時間がないだの、家庭に入って男に養い守ってもらうより出世の階段を上ることのほうが大事だのとぬかしやがる。今回の女も、伴侶がいなくても充実した人生を送れると思っている。あそこがうずくとローロデックスの名刺の中から適当にセフレを選んで寝るような女なのに、自分みたいな男には目もくれないときている。それが何よりムカついた。女をつけ回していたこの三週間というもの、女は彼に目もくれなかった。でも、気づくのももうすぐだ。そろそろ実行に移す時刻だな。

腕時計は、**PM一〇：四七**を指していた。

今はシャワー中だ。

一〇：四五から一一：〇二。実行するなら、ここしかない。絶好のタイミングだ。忍び込むのは、体を洗うのに気を取られているこの時間帯にしようと決めていた。運転席側のドアを開けて車を降りると、家の裏手に回る。

その日は日中にかなりの雨が降ったので、いつになく空気が爽やかだった。海は八キロも先なのに、磯《いそ》臭さが間違いなく漂っていた。頭のどこかで、雨があがらなければよかったのにとも思っていた。雨の降りしきる音で気持ちが安らぐからだ。耳をつんざくようなこの世の喧噪《けんそう》をかき消し、つかの間、世間との調和をもたらしてくれる。

タウンハウスの裏庭はやたらに狭く、腕を広げれば隣家の庭との仕切りになっている左右のフェンスに触《ふ》れられそうだった。バラの茂みの下に作り物の岩が置かれていた。妙に浮いて見える。中に裏口の鍵が入っていた。女がその鍵を使うのを見たことがあったので、そこにあるのはわかっていた。でも、たとえ見たことがなくても、周囲から浮いている岩に隠してあることには遅からず気づいただろう。

「バカな女だ」彼はつぶやいた。「誰が見たって、作り物なのはばればれじゃないか」

腰をかがめ、人造岩の小さな仕切りから鍵を取り出すと、そっと裏口を開けて忍び込んだ。そこはキッチンだった。シャワーの音が聞こえてくる。水音は、足を踏み入れた瞬間から聞こえていた。ここまではすべて想定内だったので、驚きはなかった。なにしろ、この夜のために何週間も準備をしてきたのだ。

殺害計画はいつだって細心の注意を払って練った。刑務所にはぜったい入りたくない。連続殺人犯の大半は、有名人になるために刑務所に入る。やつらが手がかりや痕跡を残すのは、新聞で自分のことを書いた記事を読みたいからだ。テレビで、コメンテーターが自分のことを語るのを見たいのだ。逮捕されたときは有名人になりたいからだ。だが、彼は違う。重要なのは、できるだけ大勢のターゲットを痛めつけ、苦痛をなめさせることだ。逮捕されるとすべてがフイになる。彼は楽しみを始めたばかりだ。シャワー中の女は、この歪《ゆが》んだゲームの九人目の犠牲者になるが、死ぬべき女は他にもいるとわかっている。まだまだ他に何人もいると。もっと言うなら、人類の半分は死ぬべきなのだ。

忍び足でキッチンを抜けてリビングに入る。毛足の長いカーペットを濡《ぬ》れた靴底で押しつぶしながら、リビングを進む。薄暗い家の中を亡霊《ぼうれい》みたいに進んでいく。暗闇は味方なので、モンスターである彼の姿を隠してくれる。そこまで来ると、シャワーの水音がだいぶ大きく聞こえてくる。上の階からだ。階段の下で足を止め、上のほうに目を凝《こ》らす。階上の浴室の扉の下から、黄色い光が漏《も》れている。

映画『サイコ』の有名な場面が頭を過《よぎ》った。シャワーを浴びている女に襲《おそ》いかかるという手口は少々独創性に欠ける気もするが、あの映画とは違ってナイフを使う気はない。ナイフじゃだめだ。おれを無視しやがった女たちは、首を絞《し》めて息の根を止めてやる。そうすることで女との親密度が増すのだ。できるだけ音を立てないように上の階に向かう。心から自分に満足できるのは、女を殺害する瞬間だけだった。気持ちがたかぶり、目眩《めまい》がするほどだった。だが、浴室の扉の前まで来たとたん、パニックに襲われ体に電流が走った。

扉だ！　鍵がかかっていたらどうしよう!?

ひとり暮らしだから鍵なんかかけないと思い込んでいたが、そうとは限らない。ドアノブをいじくっている音を聞きつけたら、悲鳴をあげるだろう。この界隈《かいわい》のタウンハウスはどこも建物同士が近接している。おまけに女の部屋は壁一枚挟んで向こうが隣人の部屋だから、助けを求めて声をあげられたら筒抜けだ。不吉な考えが次から次にとめどなく頭に浮かんでくる。もし警察に通報されなかったとしても、この家から誰が出てくるか確かめようと窓から外をのぞくかもしれないし、携帯のカメラで撮られるかもしれない。その写真に自分の姿がはっきり写っていたら？　女の死体が発見されたら、間違いなく警察に身元を突き止められて逮捕される。そうなったら、せっかくのお楽しみが台無しだ。そんな軽はずみなことをするわけにはいかない。

回れ右をして階段を下りよう。明日という日はかならずやって来る。このまま何もせずに立ち去れば、計画を練り直して明日の晩また来ることができる。引き返し始めたが、廊下を数歩戻ったところで、あることが頭に浮かんだ。足を止め、二日前にスーパーで目にした場面を思い返す。

スーパーにある男がいた。長身で筋肉質のその男は、ほほ笑んだ口元に白い歯をのぞかせ、手入れの行き届いたあごひげをたくわえていた。すると、自分がつけていた女、つまり今シャワーを浴びている女が、見ず知らずのそのハンサムな男に気のあるそぶりを見せた。呆《あき》れながら見ていると、二人は電話番号を交換して別れた。そのやり取りに要した時間は二分程度にすぎなかったが、女がスーパーで出会ったその男に視線を向けた時間は、この数週間で自分に向けた時間より長かった。

許すわけにはいかない。自分に強く言い聞かせた。目と鼻の先の浴室で、まさにこの瞬間、女はあの男のことを考えているにちがいない。踵《きびす》を返し、もう一度浴室へ向かう。その妄想を実現させてなるものか。

ノブをつかむ。手に触れた金属が氷のように冷たい。動悸《どうき》が激しくなったのが、自分でもはっきりわかる。深く息を吸う。もしノブが回らなければ、扉を破ることになる。ちょっとしたツキがあれば、中に押し入って女が叫び声をあげる前に首をつかめるだろう。

手首を一センチ左にひねるとノブが回った。やった。口から安堵《あんど》のため息が漏れた。すべては取り越し苦労だった。鍵はかかっていなかった。いらぬ心配をした自分を苦々しく思い、ノブを目一杯ひねって中に滑り込む。

シャワーの水音が大きくなった。昔のアナログテレビの音量を最大限にあげたときみたいに、こちらに水音が迫ってきた。もうもうと立ち込める浴室内の湯気《ゆげ》は濃密で、口に入れて噛《か》めそうなほどだった。湯気で濡れて滑りやすくなっているタイルに足を取られないよう気をつけ、慎重に歩を進める。ゆっくりとではあるが、しっかりとターゲットだけを見据えて前進する。

半透明のベージュのシャワーカーテンには、ピンクの花模様があしらわれている。その趣味に吐き気《け》を覚えた。悪趣味な安物だ。でも、目的を忘れるほどのことじゃない。この上なく神経が研ぎ澄まされていた。そっと忍び寄り、今やすぐ目の前まで来ている。手を伸ばした。が、シャワーカーテンに触れる寸前で怖じ気づいた。

どこか変だ。

シャワーが出ていた。日中に降っていた雨のような水音が聞こえてくるが、今は安らぎを感じない。あることに気づいてぞっとした。カーテンの向こうからは、シャワーヘッドから絶え間なく流れ落ちる水音以外に何も聞こえてこない。歌声も、体に当たるしぶきの音も、ときおりバスタブの底ではね返る水音も、何ひとつ聞こえない。まるで浴室に自分しかいないみたいだ。

だけどそれなら、どうしてシャワーが出ているんだろう。腕時計に目をやった。一〇:五八。シャワーを浴びているはずの時刻だ。この三週間、あの女は一一:〇二より前にシャワーから出たことはない。逃げられたのだろうか。

シャワーの水音の大きさが今や耳障《みみざわ》りだった。すぐ前に立って耳を澄ませ、カーテンの向こうから何かが、何でもいいから物音が聞こえてこないかと待ったが、何ひとつ聞こえてこない。目障りなカーテンに震える手を伸ばしてぐいとつかみ、一気に引き開けた。

女はたしかにシャワーを浴びていた。だが、目は見開かれ、濡れて光っていた。そこに恐怖の色が宿っている。女は虚をつかれ今にも叫び声をあげそうな表情をしているが、声があがることがないのは一目瞭然だった。こんなことがあり得るのだろうか。すでに女はこときれ、一糸まとわぬ姿でバスタブの底で血まみれの肉塊になっていた。別の誰かが自分より先に女を手にかけたのだ。見たところ、その誰かは例の映画のあの場面と同じ手口を使うことを気にしなかったらしい。

女はナイフでめった切りにされていた。手足の指はすべて切り落とされ、脚と腹に深くえぐられた傷がいくつもあった。切りつけられているとき、女にはまだ息があったんじゃないだろうか、とふと思った。目を逸《そ》らし、あたりを見回した。すると、排水溝の脇にあるピンク色のゼラチン質の塊が目に入った。何だろう。血まみれのクラゲみたいだ。女の胴体に目をやると、それはえぐり取られた片方の乳房だった。気味の悪いイースター・エッグか何かみたいに、自分が探すのを期待して、犯人がバスタブに残したのだ。それに気づいたとたん呼吸が浅くなり、息苦しさを覚えた。

こんなことは想定外だった。ありとあらゆる可能性を事前に検討したが、こんなことは予想もしていなかった。

恐怖という名の鋭い鉤爪に、胸をえぐられる気分だった。その場から去ろうと踵を返すと鏡が目に入り、足を止めた。ガラス面に伝言が、赤い文字の列がのたくっていた。シャワーにばかり気を取られていて、それまで気づかなかった。文字をたどった。簡潔な文だったが、総毛立つような恐怖が体に走った。その伝言が自分に向けたものであることは明白だった。

「時間厳守」とある。

立ち込める湯気で頭がくらくらしてきた。妙な感覚だった。シャワーから立ち上る湯気と目眩のせいで、何もかも非現実的に思えてきた。火照《ほて》ったせいで悪夢を見たんじゃないだろうか。浴室の扉を開けると、顔がひんやりした空気に包まれた。と同時に、のっぴきならない現実がのしかかってきた。

自分がつけ回していた女が、いざ決行しようとした晩に殺されるなんて偶然のはずがない。おまけに、犯人は自分にメッセージまで残している。彼が女をつけていたとき、何者かが彼をつけていたのだ。彼が女の殺害を計画していたとき、何者かが彼の殺害を計画していたのだ。

浴室から飛びだすと、全速力で走った。だが思うように進めない。まるで数十メートルも先に階段が遠のいたみたいだった。もはや暗がりは身を隠すための味方ではなかった。暗がりには別のモンスターが潜んでいて、今にも襲われるかもしれないのだ。そう思うと怖くてたまらなかった。階段の上まで来たとたん、足がもつれて手すりに激突し、つんのめった。力を振り絞《しぼ》り、なんとか上体を起こそうとする。

何が起こったんだろう。

数秒後、背中に焼けつくような痛みを覚えたのが、その答えだった。背中に手をやると、何かが刺さっている。背骨のあたりから、ひんやりした金属がにょきっと突き出ている。今度は後頭部をぐいっと押さえられた。押さえられているせいで、手すりに体を二つ折りにしたまま身動きできない。続いて一瞬空を飛んでいるような感じがし、三メートルほど先にリビングの床が見えた。それから、最初よりも強烈な、焼けつくような痛みを覚えた。ゆっくりと背中からナイフが抜かれているのだ。抜かれるにつれ、傷口が汚染されていく感覚を覚えた。

刃渡りはどのくらいだろう。どのくらい深く刺されたのだろう。刃が体から抜けるまでに永遠の時が流れた気がした。すっかり抜き取られると、ぱっくり開いた背中の傷口を玄関ホールを吹き抜ける冷たいすきま風になめられ、傷が今度は侮辱された気がした。上体を起こそうとするが、起き上がる間もなく何者かに足首をつかまれ、一瞬のうちにすくい上げられ、落とされた。リビングがぐるぐる回って見え、床が近づいてくる。どさっという音とともに肩口から落ち、口からうめき声が漏れた。脱臼《だっきゅう》したのは間違いない。

見上げると、獣《けもの》のように這《は》って階段を下りてくる男の姿が目に入り、またもや夢を見ているような感覚に襲われた。かろうじて見てとれたのは、襲撃者のぼさぼさの頭だった。その頭は真夜中の空よりも真っ黒で、野人のように髪の毛が絡まりあっていた。疑問がいくつも頭に浮かんだが、どれも答えを得られそうになかった。

無言のまま見ていると、人間なのか獣なのか魔物なのかわからない襲撃者は、最下段まで下り、蛇使いの笛に合わせてコブラが鎌首をもたげるみたいに二本足で立ち上がった。ぼさぼさのむさ苦しい黒い頭がこちらを向くと、ついにそいつの顔が見えた。人間の顔だった。いや、少なくともかつては人間のものであった顔だった。彼を狙うそいつは、顔に髑髏《どくろ》のような笑みを貼りつけている。口に唇はなく、歯茎の紫色と対照的な、いやに白い歯が並んでいる。腐乱死体よろしく鼻はなく、血の気のない顔はリビングに差し込む月光を受けて雪のように真っ白だ。手には、刃渡り二十センチの血まみれのハンティングナイフが握られている。

そいつはまたもや滑るように近づいてくると、腫《は》れ上がった黄色い目で彼をまじまじと見た。ハロウィーンの衣装を着た人物のようにも見える。ひょっとしたら、中にティーンエイジャーか若い男が入っているのかもしれない。黒いズボンをはき、白いパーカーを着ているが、そのパーカーは浴室の女の血で赤く染まっていた。

起き上がろうとしたが、そいつは脚で彼の胸を押さえて身動きできないようにし、それから腰をかがめ、彼の腹にナイフの切っ先を突き立てた。ナイフが腹に刺さっていく感覚はほとんどなかった。が、体の中に刃が沈んでいくにつれ、体の芯に焼けつく痛みを覚えた。そいつのまばたきしない目を見つめ返すうちに目がかすみ、何も見えなくなった。最後に聞こえたのは、醜悪で不快な顔に劣らずおぞましいしゃがれ声だった。

「ね〜〜む〜〜れ〜〜」

彼は抵抗しなかった。死の天使が迎えにきたんだ。悪夢のようなおどろおどろしい姿で死の天使が迎えにきて、まもなく息絶える自分の上にかがみこんでいるんだ。地獄があるかどうかも、もうすぐわかるだろう。まぶたがどんどん重くなってきたので目を閉じ、自分が闇にのみ込まれるのを待った……。

（倉田真木訳）

訳者あとがき

怖い都市伝説と言ったら、何を思い浮かべますか。「口裂け女」や「人面犬」、「トイレの花子さん」を思い浮かべる方もいるかもしれませんね。以前は口伝えに広まった怪談や都市伝説は、インターネットの普及にともない、今ではネットを通じて広まるようになりました。たとえば、2チャンネル（現5チャンネル）のオカルト板には、「死ぬほど洒《しゃ》落《れ》にならない怖い話を集めてみない？」（通称「洒落怖」）をはじめとするスレッドがいくつも立ち、「八尺様」「くねくね」「きさらぎ駅」「犬鳴峠」「コトリバコ」などの怖い話が書き込まれ、拡散しています。

そうしたネット上の怪談の英語版が「クリーピーパスタ」です。正確な起源は不明で、一九九〇年代にチェーンメールから広まったとか、二〇〇〇年代初期に画像掲示板4チャンネルの超常現象を専門に扱う掲示板から生まれたとか諸説ありますが、現在はネット上で発表されているホラー作品を広く「クリーピーパスタ」と呼ぶようになっています。「クリーピーパスタ」というのは、身の毛もよだつという意味の「クリーピー」という単語と、「コピー&ペースト」を組み合わせた造語です。本書『【閲覧注意】ネットの怖い話 クリーピーパスタ』（原題 The Creepypasta Collection）は、このネット発の新しいホラー「クリーピーパスタ」を日本で初めて紹介するアンソロジーです。原書の二〇篇のうち一五篇を厳選して翻訳し収録しました。

ネット上の一部のユーザーのものだったクリーピーパスタですが、二〇〇八年には投稿サイトCreepypasta.comが、二〇一〇年にはCreepypasta.Wikiや掲示板型ソーシャルニュースサイトRedditのコミュニティr/nosleepが開設され、少しずつクリーピーパスタの世界が広がっていきます。二〇一〇年にニューヨーク・タイムズ紙で取り上げられると、社会的な認知度が一気に高まりました。日本でも配信されているドラマ「チャンネル・ゼロ」で映像化もされます。一方で、物語と現実の境界線があいまいになる読者も現れ、社会問題にもなりました。二〇一四年には、アメリカのウィスコンシン州に住む十二歳の少女二人が、クリーピーパスタのキャラクター「スレンダーマン」に気に入られようとして友人をナイフで刺す痛ましい事件まで起こります（被害者は救出されました）。この実際の事件を題材に、テレビドラマ『LAW & ORDER：性犯罪特捜班』（第一六期第六話の「グラスゴーマン伝説」）や、『クリミナル・マインド　FBI行動分析課』（第一四期第五話「背の高い男」）、映画『スレンダーマン　奴を見たら、終わり』の題材にもなったので、こちらでご存じの方も多いかもしれません。

「スレンダーマン」は、目、鼻、口のない顔の、痩せて異常に背の高い人間のような姿で、人間の精神を狂わせるキャラクターですが、クリーピーパスタ界にはほかにもさまざまなキャラクターがいます。昔から都市伝説で語られてきたものもいれば、オリジナルもいます。一部を紹介すると、本書にも登場する、白いパーカーを着た十代の少年の姿で、まぶたのない目に耳まで裂けた口、焦げた黒髪、真っ白い顔をもつ殺人鬼「殺人者ジェフ（ジェフ・ザ・キラー）」、不気味な笑みをたたえ、その画像を見た者を自殺に追い込むハスキー犬「スマイル・ドッグ」は、どちらも不動の人気キャラクターです。ほかにも、本書の続篇に登場する、骸骨《がいこつ》のような姿の、ブードゥー教の呪術《じゅじゅつ》で作られた「ホーボーハート」、復讐心《ふくしゅうしん》に燃える怨霊《おんりょう》の「パペッティア（人形遣《つか》い）」もいます。ちなみに、日本の「八尺様」は「Hachishakusama」としてクリーピーパスタにも登場しています。

本書を編集したミスター・クリーピーパスタは、米国イリノイ州ベルビュー出身のユーチューバーです。アニメ版『ONE PIECE』の英語吹き替え版で声優も務めています。二〇一〇年代の初めから、MrCreepyPasta の名でナレーション動画をアップし始めると、またたく間にチャンネル登録者数は一六〇万を超えました。ナレーション動画の中には、再生回数八〇〇万回に迫るものもあります。彼が選んだ本書の執筆陣はクリーピーパスタ界の人気作家たちで、じつに個性豊かです。学業の傍ら作家デビューした者もいれば、ホラーマスクの制作を手がけている者も、元教育者や、個人情報は謎の作家もいます。各作家については、作品の扉裏ページで紹介していますのでご参照ください。

翻訳を担当した岡田ウェンディ、倉田真木、古森科子、曽根田愛子、髙増春代、田中ちよ子、本間綾香、山藤奈穂子の八名は、翻訳勉強会「自由が丘翻訳舎」で出会った仲間たちです。会の傍ら、企画を提案する活動を続けています。本書はメンバーの岡田が提案し、早川書房編集部の編集者、東方綾さんのお力添えで翻訳させていただく運びになりました。機会をくださった東方さんはじめ、早川書房のみなさまには、この場を借り、深く感謝申し上げます。

最近の研究によると、怖いものに触れることはストレスの解消につながるそうです。免《めん》疫《えき》系を強化する働きもあるのだとか。どうぞ本書の怖〜い創作都市伝説の数々をお楽しみいただき、免疫強化につなげていただきますように。

二〇二二年六月

岡田ウェンディ
倉田真木

自由が丘翻訳舎連絡先：Jiyuugaoka.honyakusha@gmail.com

HM=Hayakawa Mystery
SF=Science Fiction
JA=Japanese Author
NV=Novel
NF=Nonfiction
FT=Fantasy

【閲覧注意《えつらんちゆうい》】ネットの怖《こわ》い話《はなし》 クリーピーパスタ

〈NV1499〉

二〇二二年七月二十日 印刷
二〇二二年七月二十五日 発行
（定価はカバーに表示してあります）

編者 ミスター・クリーピーパスタ
訳者 倉田《くらた》真木《まき》・岡田《おかだ》ウェンディ・他
発行者 早川 浩
発行所 株式会社 早川書房
郵便番号 一〇一-〇〇四六
東京都千代田区神田多町二ノ二
電話 〇三-三二五二-三一一一
振替 〇〇一六〇-三-四七七九九
https://www.hayakawa-online.co.jp

乱丁・落丁本は小社制作部宛お送り下さい。
送料小社負担にてお取りかえいたします。

印刷・三松堂株式会社　製本・株式会社フォーネット社
Printed and bound in Japan
ISBN978-4-15-041499-3 C0197

本書は活字が大きく読みやすい〈トールサイズ〉です。